KB114141

임영기 新무협 판타지 소설

FANTASTIC ORIENTAL HEROES

와룡봉추 12

임영기 新무협 판타지 소설

초판 1쇄 찍은 날 § 2019년 11월 8일
초판 1쇄 펴낸 날 § 2019년 11월 15일

지은이 § 임영기
펴낸이 § 서경석

총괄팀장 § 노종아
편집책임 § 김경민

펴낸곳 § 도서출판 청어람
등록번호 § 제387-1999-000006호
등록일자 § 1999. 5. 31
어람번호 § 제2-2815호

주소 § 경기도 부천시 부일로 483번길 40 서경B/D 3F (우) 14640
전화 § 032-656-4452 팩스 § 032-656-4453
http://www.chungeoram.com
E-mail § chungeorambook@daum.net

ISBN 979-11-04-92082-0 04810
ISBN 979-11-04-91921-3 (세트)

目次

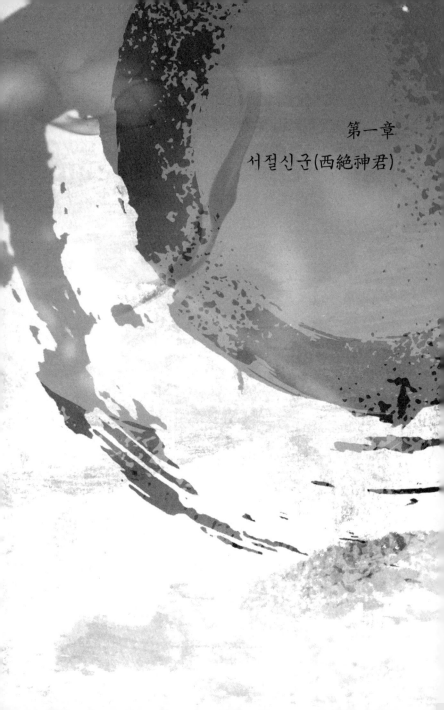

第一章

서절신군(西絶神君)

화운룡이 발출한 무형지기가 추호의 기척도 없이 전면으로 뿜어졌다.

파파팟…….

계단 입구를 가로막은 채 서 있는 두 명의 청의 경장 고수는 몸의 네 군데 혈도가 찰나지간 제압됐다.

그러나 두 명의 청의 경장 고수는 쓰러지지도 눈을 감지도 않고 꼿꼿하게 서 있는 자세다.

화운룡은 그들을 살짝 좌우로 벌리고 월동문 같은 입구를 통과했다가 다시 그들을 제자리로 돌려놓고는 무형지기를 발출해서 혈도를 풀어주었다.

뒤에서 보니까 그들은 움찔 몸을 떨고는 별일 없다는 듯
그 자리를 지키고 서 있다. 자신들이 제압됐었다는 사실을 전
혀 깨닫지 못한 것이다.

화운룡은 계단을 나는 듯이 쏘아 올라 삼 층에 발을 딛고
는 빠르게 실내를 둘러보았다.

삼 층은 일 층과 이 층의 분위기하고는 사뭇 다르게 활기
가 넘치는 것 같았다.

계단에서 맞은편까지 방사형으로 여러 개의 복도가 뻗어
있으며 복도의 양쪽으로 방들과 여러 개의 대전이 이어져 있
는데 방과 대전에서 두런두런 여러 사람의 나직한 말소리가
흘러나오고 있었다.

화운룡이 대화를 가만히 들어보니까 십여 곳 이상의 장소
에서 여러 무리가 회의를 하고 있는 중이다.

대화를 하고 있는 사람이나 내용은 다양했지만 한 가지 공
통점이 있다. 모든 대화가 황궁이나 군부, 관(官)에 대한 내용
이라는 사실이다.

잠시 듣고 있던 화운룡은 또 하나의 공통점을 찾아냈다. 대
화 내용이 전부 새로운 판을 짜고 있다는 것이다.

즉, 광덕왕이 황위에 올라서 단행하게 될 황궁 내부의 각
직제 개편과 고위 관리들, 군부의 장군들, 천하 각 지방의 고

급 관리들의 해임과 임명에 대한 대대적인 개각(改閣)을 다루고 있었다.

그것만 봐도 황제가 이미 죽었으며 광덕왕이 황위에 오를 날이 머지않았음을 알 수 있다.

화운룡은 실내를 천천히 돌아다니면서 몇 개의 방과 대전을 기웃거렸다.

그런데 방과 대전에서 문서를 작성하면서 대화를 하는 사람들은 대부분 경장 차림의 무인들이고 소수가 광덕왕부의 사람으로 보였다.

화운룡이 봤을 때 무인들은 천외신계 고수들이고 광덕왕부 사람들은 업무를 담당하는 사람들인 듯했다.

그걸 보면 천외신계가 대명제국의 개각에도 깊이 관여하고 있음을 알 수 있다.

삼 층에 있는 자들은 무림에 대해서는 일체 언급하지 않았다. 그렇다면 이곳의 천외신계 고수들은 광덕왕이 황위에 오르는 일만 담당하는 것 같았다.

아니, 결국에는 천외신계가 황궁을 비롯한 대명제국을 장악하게 될 것이다.

그래도 광덕왕은 그런 사실을 모르는 채 자신이 황위에 오를 날만 손꼽아서 기다리고 있을 터이다.

거기에 생각이 미치자 화운룡은 문득 꼭두각시 노릇을 하고 있는 광덕왕이 측은해졌다.

그때 어떤 말이 화운룡의 귀를 울렸다.

"동창고수들이 감쪽같이 사라졌다는데 어떻게 된 것이냐?"

화운룡은 그 말이 들려온 곳으로 향했다.

"황궁고수들처럼 전멸한 것이냐?"

말이 흘러나오고 있는 방은 문이 닫혀 있었다.

"동창고수들 시체가 발견되지 않은 것으로 봐서 전멸한 것
같지는 않습니다."

천외신계 고수들의 대화인 것 같았다. 천외신계 인물들은
억양이 독특해서 금세 알아차릴 수 있다.

아마도 천외신계 사람들이 다민족으로 이루어졌으며 중원
어가 공통어가 아니기 때문일 것이다.

이들은 동창고수 즉, 비룡은월문을 공격하러 가던 오백 명
의 금의위들에 대해서 얘기하고 있었다.

"동창고수들을 찾아냈느냐?"

"정확한 것은 모르겠습니다."

"비찰림을 불러라."

"잠시 기다리십시오."

척!

문이 열리고 사십 대 장삼 차림의 고수가 나온 직후 화운
룡은 재빨리 방 안으로 들어갔다.

탁······.

그가 들어가고 나서야 문이 닫혔다.

실내에는 두 명이 있었다. 오십오륙 세 나이의 청포를 입은 인물이 침상에 눈을 감은 채 누워 있고 젊은 여자가 옆에 앉아서 다리를 주무르며 안마를 하고 있다.

"사부님, 광덕왕은 황궁고수들이 전멸했다는 사실을 알고 있나요?"

"모를 것이다."

안마를 하고 있는 젊은 여자는 중년인의 제자인 것 같은데 중년인을 아버지처럼 여기는 듯한 광경이다.

"알리지 않으실 건가요?"

"그자는 몰라도 된다."

"광덕왕은 어째서 비룡은월문을 멸문시키려는 거죠?"

검은 수염을 기른 중년인은 안마가 시원한지 기분 좋은 신음 소리를 내고 나서 중얼거렸다.

"그곳에 정현왕이 숨어 있기 때문이야."

"아… 그렇군요."

"황실 안팎에서 많은 사람들에게 존경을 받고 있는 정현왕을 반드시 죽여야지만 광덕왕이 안심하고 황위에 오를 수 있다는 것이지."

붉은 경장에 허리 뒤쪽에다 두 자루 토번혼을 차고 있는 여자는 이십오륙 세 정도의 나이에 여자로서는 짙은 눈썹과 유난히 새카만 눈동자가 매력적이다.

"그럼 우리가 정현왕을 죽여줄 건가요?"

"비룡은월문은 춘추구패의 하나인 통천방까지 괴멸시킨 신흥 강자야."

"그래 봤자 중원의 하잘것없는 문파예요. 우리가 마음만 먹으면 간단히 짓밟을 수 있을 거예요."

"그건 서초후께서 결정하실 일이다."

삼 장 거리에서 벽을 등지고 서 있는 화운룡은 중년인이 말한 '서초후'라는 인물이 이곳 광덕왕부에 있는 천외신계 고수들의 최고 우두머리일 것이라고 짐작했다.

짐작컨대 서초후는 황궁을 비롯한 대명제국 전체를 장악하는 임무를 맡았을 것이다.

화운룡은 서초후라는 호칭에서 '초(超)'라는 글자가 천외신계 최고등급인 '초번'일 것이라고 생각했다. 천외신계의 절대신 천여황 바로 아래 지위이며 반신반인(半神半人)이라는 신조삼위 초번, 절번, 존번 세 개 지위 중 최고위 등급이 '초'다.

화운룡은 서초후라는 인물에 대해서 호기심이 생겼다. 기회가 되면 그자를 한 번 만나고 싶었다.

그리고 싸워볼 수 있는 기회가 생긴다면 금상첨화다. 광덕왕을 죽이러 왔지만 될 수 있으면 서초후도 싸워서 죽여야겠다는 생각이 들었다.

서초후의 앞 글자 '서'는 동서남북을 가리키는 방향 서(西)를 가리킬 것이고, 서쪽의 나라는 토번국이며 대명제국에 짓밟힌 망국(亡國)의 땅이다.

그러므로 서초후는 토번국의 왕이며 천여황 아래에서는 제후로서 토번의 백성들을 거느리고 있을 것이다.

아까 일 층이나 이 층의 고수들이 무기 중에서 토번국의 주무기인 토번혼을 허리에 차고 있는 것도 그들이 토번국의 백성이기 때문이다.

그때 갑자기 중년인이 눈을 번쩍 뜨더니 상체를 일으키고는 실내를 한차례 날카롭게 둘러보았다.

화운룡은 흠칫했다.

다리를 주무르는 여제자가 의아한 얼굴로 물었다.

"왜 그러세요?"

중년인은 꽤 오랫동안 실내를 구석구석 살펴보고 나서 다시 누웠다.

"내가 피곤한 모양이다."

중년인은 은형인으로 잠입해 있는 화운룡의 미미한 기척을 감지했던 모양이다.

화운룡은 육백칠십 년 공력의 팔 성으로 은형인을 유지하는 것에 사용하고 있어서 남은 이 성 백삼십사 년 공력만으로 기척을 감추고 있는 형편이다.

그렇지만 은형인 수법 자체가 화운룡과 명림의 모든 기척을 차단하고 있는 상황인데 중년인이 극히 미미한 기척이라도 감지했다는 사실이 놀라운 일이다.

그래서 화운룡은 이 중년인이 서초후 바로 아래 등급인 절번이지 않을까 추측해 보았다.

그러다가 화운룡은 그런 짐작이나 추측 같은 것들이 다 무의미하다는 생각이 들었다.

그는 천외신계가 황궁이나 대명제국을 장악하고 천하를 제패하든 말든 상관하지 않겠다고 결심했다.

그래서 지금 여기에도 광덕왕에 대해서 알아보거나 기회가 생기면 그를 죽이려고 왔을 뿐이다.

광덕왕이 비룡은월문이나 정현왕을 건드리지 않았다면 여기까지 오지도 않았다.

호기심이 많은 듯한 여제자가 중년인의 다리를 주무르면서 다시 물었다.

"사부님, 우리는 황궁과 대명제국을 맡았는데 중원 무림을 정복하는 것은 동초후께서 맡으셨지요?"

"그래."

여제자는 아쉬운 표정을 지었다.

"우리가 중원 정복을 맡았으면 좋았을 텐데……."

"뭐가 좋다는 게냐?"

중년인은 다시 눈을 감고 노곤한 표정을 지었다.

"광활한 중원을 누비면서 수많은 방파와 문파들을 쳐부수는 일이 신나잖아요?"

"고달픈 일이다."

"만약 우리가 중원 무림을 정복하는 대업을 맡았다면 저는 꼭 해보고 싶은 일이 있어요."

"그게 무엇이냐?"

여제자는 야무진 표정을 지었다.

"비룡공자라는 자를 만나서 굴복시키고 싶어요."

"비룡공자가 누구냐?"

여제자는 유난히 아름답고 새카만 눈동자를 초롱초롱 빛냈다.

"비룡은월문의 젊은 문주예요."

중년인은 눈을 뜨고 생기가 넘치는 여제자를 쳐다보다가 빙그레 미소 지었다.

"비룡공자가 잘생긴 모양이로구나."

"소문에는 비룡공자가 천하제일의 미남이래요."

"호오……"

"도대체 얼마나 잘생겼기에 천하제일의 미남이라는지 한 번 보고 싶어요."

"진짜 잘생겼으면 어쩔 테냐?"

"굴복시켜서 제 노예로 삼을 거예요."

"어떤 노예 말이냐?"

여제자는 나이에 비해서 아이처럼 천진난만한 표정을 지으며 종알거렸다.

"몸종이죠. 뭐, 비룡공자를 개처럼 끌고 다니면서 온갖 일을 다 시킬 거예요."

그녀는 마치 정말로 비룡공자를 굴복시키기라도 한 것처럼 흐뭇한 미소를 지었다.

"월(月)아."

"네, 사부님."

"너는 혼인할 생각이 없느냐?"

여제자 월은 새침한 표정을 지었다.

"꼭 혼인을 해야만 하나요?"

"혼인을 하면 행복해지지 않겠느냐?"

월아는 입술을 귀엽게 삐죽거렸다.

"사부님도 혼인을 하지 않으셨잖아요. 그럼 사부님께선 불행하신가요?"

중년인은 껄껄 웃었다.

"허허헛! 나한테는 월아 네가 있잖느냐? 너는 내 딸이나 다름이 없다."

"그것 보세요. 저도 사부님이 아버지나 마찬가지니까 죽을 때까지 혼인 같은 거 하지 않고 사부님 모시고 오래오래 살 거예요."

"으허허헛! 그것도 좋지만 나는 손주도 보고 싶구나!"

중년인은 흡족하게 웃었다.

그때 문이 열리고 아까 나갔던 청의장삼인이 들어오는데 그의 뒤에 칙칙한 갈의 경장을 입은 자가 두 손을 앞에 모으고 공손히 따라 들어왔다.

화운룡은 들어서는 두 사람을 자세히 살펴보았다.

청의장삼인은 오십 대 초반의 나이에 짧은 반백의 수염을 기른 중후한 인상이고, 뒤따르는 갈의 경장인은 사십 대 중반에 비쩍 마른 체구다.

화운룡이 보기에 청의장삼인은 풍채와 용모, 기도 같은 것들이 두어 차례 겪어본 십존왕하고 비슷한 것 같았다.

청삼인이 침상의 중년인에게 공손히 허리를 굽혔다.

"신군(神君)님, 우리 서천국(西天國) 휘하이며 북경 지역을 담당하고 있는 비찰림 제칠로주입니다."

갈의 경장인이 바닥에 무릎을 꿇고 이마를 바닥에 대며 공경한 자세를 취했다.

"비찰림 제칠로주 와둔(瓦屯)이 서절신군(西絶神君) 각하를 뵈옵니다."

화운룡이 짐작했던 대로 침상의 중년인은 서초후 바로 아래인 신조삼위 절신족의 절번이 맞았다.

구체적인 호칭이 서절신군인 모양이다. 동서남북의 서쪽, 토번국을 '서천국'이라 하며, 서쪽의 절번이라서 '서절'일 테고 신군의 군(君)은 서초후의 '후(侯)' 아래 급인 것 같다.

절번쯤 되는 인물이니까 조금 전에 화운룡의 기적을 미미하게나마 감지했던 것이다.

중년인은 여전히 누워서 안마를 받으며 눈도 뜨지 않고 노곤한 목소리로 하문했다.

"사라진 동창고수들은 어디에 있느냐?"

비찰림 제칠로주 와둔은 이마를 바닥에 댄 채 대답했다.

"북경에 들어온 것 같습니다만 어디에 있는지는 정확하게 모르겠습니다. 조금 더 시간을 주시면 찾아낼 수 있을 것 같습니다."

"찾아낼 수 있다는 것이냐?"

"그렇습니다."

제칠로주 와둔은 확신이 넘치는 대답을 했다.

동창고수 즉, 임오가 이끄는 오백 명의 금의위들은 현재 북경 천보장에 은신해 있는데 비찰림이 찾아낼 수 있다고 확신하고 있는 것이다.

"어떻게 찾아낼 것이냐?"

"동창고수 몇 명에게 천리추향(千里追香)을 묻혀놓았는데 북경으로 들어온 흔적을 찾았습니다. 현재 수하들이 그걸 분석하고 있으므로 내일 중으로 동창고수들을 찾아낼 수 있을 것입니다."

화운룡은 '천리추향'이라는 이름만 들어도 그것이 추적을 하기 위한 향기라는 것을 알아차렸다.

그런 것은 보통 아무런 냄새도 나지 않으며 눈에 띄지도 않고 시술자만이 흔적을 찾아내는 법이다.

천외신계 비찰림이라는 존재를 알고는 있었지만 대수롭지 않게 여겼거늘 이제 보니까 제법이다.

서절신군이 여전히 눈을 감은 채 중얼거렸다.

"내일 정오까지 알아내서 보고해라."

"명을 받듭니다."

비찰림 제칠로주 와둔이 물러갔다.

화운룡이 십존왕일 것이라고 짐작한 청의장삼인이 서절신군에게 공손히 물었다.

"동창고수들이 신경 쓰이십니까?"

"그래."

"그들이 무엇 때문에 황명을 거역하고 종적을 감춘 채 북경으로 돌아왔는지 이유가 궁금하신 거로군요."

"그렇다. 동창고수들이 자신들 뜻으로 그랬다면 별문제가 없겠지만……."

"외부인이 동창고수들 일에 개입했을지도 모른다고 생각하시는 겁니까?"

"파락(擺落)."

서절신군의 부름에 청의장삼인이 허리를 굽혔다.

"말씀하십시오."

청의장삼인의 이름이 파락인 모양이다.

"비룡은월문에 보낸 오백 명의 황궁고수들을 몰살시킨 것이 비룡공자일 것이라고 추측했었지?"

"여러 정황으로 미루어 비룡공자일 가능성이 높습니다."

"그렇다면 동창고수들이 북경으로 회군한 일에도 비룡공자가 개입했을 가능성이 크다."

"그렇군요."

슥…….

서절신군이 몸을 일으켜 앉아서 여제자 월아에게 안마를 그만하라는 손짓을 해 보였다.

"조금 전에 비찰림자가 동창고수들이 북경에 들어와 있다고 보고했었지?"

"그랬습니다."

"내 생각인데 그렇다면 비룡공자도 북경에 들어와 있을 가능성이 높아."

파락은 정신이 번쩍 드는 표정을 지었다.

"그렇겠군요."

"비룡공자가 동창고수들에게 은신처를 제공했을 거야."

"비룡공자가 그러는 이유가 무엇일 것 같습니까?"

파락은 충성심은 높은 반면에 두뇌가 서절신군을 따라가지 못하고 있다.

서절신군은 그것이 불만이면서도 그의 우매함과 비교하여 자신의 월등함을 나름대로 즐기고 있는 편이다.

"비룡공자가 선언한 말이 뭐랬지?"

"비룡은월문을 중심으로 해서 삼백 리 평화지역을 건드리지 않으면 자신들도 천하와 무림의 일에 상관하지 않겠다는 것이었습니다."

"그렇지. 그런데 아둔한 광덕왕이 황궁고수와 동창고수, 거기다가 군대까지 보냈다는 말이야."

"그렇죠."

서절신군이 여기까지 말했는데도 파락은 그가 다음에 하려는 말을 예상하지 못했다.

"광덕왕이 비룡공자를 건드린 거야. 그렇다면 비룡공자의 다음 행보가 무엇이겠느냐?"

파락은 눈을 깜빡거렸으나 비룡공자의 다음 행보가 무엇일지 생각이 나지 않았다.

그때 월아가 참견을 했다.

"자기를 건드렸으니까 이번에는 비룡공자가 광덕왕에게 보복을 하겠군요. 그렇지 않은가요, 사부님?"

서절신군은 대견한 듯 흡족한 미소를 지으면서 월아의 머리를 쓰다듬었다.

"똑똑하구나, 월아."

"에헤헤……."

월아는 좋아서 목을 움츠렸다.

파락은 어린 월아가 알아낸 것을 자신이 알아내지 못했다는 사실에 대해서 부끄러워하기보다는 그 사실에 움찔 놀라는 표정을 지었다.

"그렇다면 비룡공자가 여기까지 쳐들어올 수도 있다는 말씀이십니까?"

화운룡은 뜻밖의 전개에 조금 놀라기는 했지만 당황하거나 두려워하진 않았다.

그런 것은 그에게 어울리지 않는다. 외려 일이 점점 재미있어진다는 생각이 들었다.

화운룡은 아주 천천히 파락의 뒤로 다가갔다. 여차하면 파락을 제압하고 여세를 몰아서 서절신군과 월아를 제압하거나 죽여야겠다는 생각이 즉흥적으로 떠올랐다.

계획에 없던 일이지만 원래 계획이라는 것은 짜놓은 대로 되는 경우가 드물다.

화운룡이 파락 뒤에 한 걸음 가까이 다가갔을 때 서절신군이 침상에서 바닥으로 내려섰다.

"그렇다면 본좌가 조금 전에 감지한 기척은 비룡공자일 가능성이 크다는 뜻이로군."

어쩌면 서절신군은 자신의 능력을 지나치게 과신하고 있는 것 같았다.

자신이 이곳 실내에 누군가 잠입했다는 사실을 이미 알고 있으며 그가 비룡공자일 것이라는 확신을 너무 쉽게 드러냈기 때문이다.

하기야 절신족 절번이 중원의 시골 구석 문파의 문주 정도를 두려워하겠는가.

그리고 그때부터 사태가 빠르게 돌아가기 시작했다.

그렇지만 다행스럽게도 서절신군은 물론이고 월아와 파락까지 자신들의 능력을 너무 과신하고 있다.

또한 실내에 누군가 잠입해 있으면 독 안에 든 쥐라고 생각하는 것 같았다.

그것이 화운룡으로서는 잘된 일이다. 어떤 종류의 싸움이든 방심보다 더 큰 과오는 없다.

이들이 방심을 하고 있는 한 급습은 화운룡에게 절대적으로 유리하게 작용한다.

여기에서 화운룡은 계획을 전면 수정했다. 이들을 공격하려면 은형인 수법을 풀어서 원래의 육백칠십 년 공력을 회복해야만 가능하다.

그럴 바에야 아예 서절신군부터 죽이는 것이 좋겠다는 생각에 그에게 최대한 가까이 접근하려고 마음먹었다.

싸움이나 전쟁에서는 제일 고강한 적의 우두머리부터 제거하는 것이 상식이다.

자신이 없어서 그러는 게 아니라 이들 세 명을 거의 동시에 제압하거나 죽여야 하는데, 그러면 어떤 형태로든 소리가 나게 마련이고 그 소리가 밖으로 흘러나가지 않도록 해야 하기 때문이다.

양심통기공 상태이기 때문에 화운룡의 생각을 명림이 고스란히 다 읽고 거기에 대비했다.

그녀가 대비할 것은 무슨 일이 일어나더라도 놀라지 않는 마음의 준비 정도다.

서절신군은 이 방에 누가 잠입했으며 그 사람이 비룡공자일 것이라고 정확하게 간파했지만 설마 그가 은형인이라는 상상초월의 수법을 발휘하고 있다는 것까지는 알지 못했다. 아니, 그는 세상에 은형인이라는 수법이 있는지조차도 모르고 있었을 것이다.

화운룡은 파락 옆을 스쳐 지나서 서절신군 오른쪽 세 걸음

거리까지 접근했다.

현재 공력 육백칠십 년 수준이라면 화운룡은 천하의 어느 누구라도 일 장 혹은 일 수에 쳐 죽이거나 제압할 수 있는데 하물며 적의 세 걸음 거리에서는 두말할 필요가 없다.

서절신군이 아니라 서초후라고 해도 이런 최적의 급습은 피하지 못한다.

더구나 서절신군은 순전히 감이나 느낌만으로 침입자를 찾으려는 안일한 생각을 하며 천천히 걸음을 옮기는데 그게 하필이면 화운룡 앞으로 다가오고 있는 것이다.

화운룡으로서는 너무 좋은 기회라서 이게 정말 현실이 맞는지 의심해 보고 싶은 정도다.

서절신군은 제 딴에는 공력을 극한으로 끌어 올려서 청력과 시력을 극대화하여 침입자를 찾으려고 실내 곳곳을 둘러보고 있는 중이다.

그는 만약 침입자가 있고 그가 비룡공자라면 살수나 사파, 혹은 마도의 고수들이 흔하게 사용하는 어떤 은신술이나 눈속임 같은 사술에 가까운 수법 따위로 실내 어느 은밀한 곳에 숨어 있을 것이라고 생각했다.

그래서 그렇게 숨어 있는 주제는 절대로 자신의 근처에 얼씬도 못 할 것이라고 판단했다.

서절신군이 방금 지나친 오른쪽 한 걸음 옆에서 갑자기 환영처럼 한 사람의 모습이 나타났다.

너무 빠르고도 자연스럽게 나타나서 원래부터 그곳에 그 사람이 서 있었던 것 같았다.

은형인을 풀고 나타난 화운룡을 가장 먼저 발견한 사람은 막 침상에서 내려서고 있는 월아다.

그녀의 정면 약간 오른쪽에서 화운룡이 나타나고 있었다. 아니, 화운룡이 원래 거기에 서 있었던 것 같아서 월아는 몹시 혼란스러웠다.

그리고 서절신군은 눈 옆으로 뭔가 거무스름한 것이 나타났다는 느낌만 받았을 뿐이고, 파락은 아예 서절신군이 쳐다보고 있는 실내 맞은편을 보느라 아무것도 보지 못했다.

어쨌든 화운룡은 은형인을 푸는 것과 동시에 서절신군부터 처치하기로 마음먹었다.

그는 오른팔에 육백 년 공력을 쏟아부어 무형검(無形劍)을 만들자마자 서절신군을 향해 그었다.

그러면서 동시에 왼손으로 무형지강을 발출하여 월아를 제압할 수도 있었지만 서절신군을 죽이는 것에 최선을 다하려고 공력을 분산시키지 않았다.

월아는 느닷없이 눈앞에서 벌어지는 상황에 막 놀라기 직전의 순간이고, 서절신군은 자신의 오른쪽에 나타난 거무스름한 물체를 확인하려고 고개를 돌리고 있었다.

눈에 보이지 않는 투명한 무형검이 육백 년이라는 어마어마한 공력을 싣고 서절신군의 목을 그어갔다.

두 걸음밖에 안 되는 거리에서의 이런 공격은 세상천지에서 어느 누구라도 피하거나 막지 못한다.

그런데 그 촌각을 백으로 쪼갠 짧은 순간에 무형검이 갑자기 영롱한 빛의 줄기로 변했다.

그것은 지난번 화운룡이 백암도 전체를 사라지게 하는 백암명계라는 것을 전개할 때 그가 오른 손목에 차고 있는 천성여의에서 발출됐던 그 영롱한 빛과 같은 것이다.

그런데 지금 그때의 영롱한 빛줄기가 천성여의에서 뿜어지고 있다.

화운룡을 돌아보던 서절신군은 그를 확인하기도 전에 자신에게 무언가 엄습하고 있다는 사실을 감지했다.

그리고 그가 반응하기도 전에 그의 몸이 먼저 강기를 일으켜서 몸 주위에 강막(罡幕)을 씌웠다.

잔잔한 호수의 푸른 물이 일렁거리는 듯한 푸른빛이 감도는 강막이다.

몸에서 뿜어져 나왔기 때문에 화운룡의 공격과 거의 동시에 펼쳐졌다.

불의의 급습에 자신의 뜻과는 상관없이 몸이 먼저 반응하여 강막을 일으키다니 과연 천외신계의 절신족 절번다웠다.

만약 화운룡이 명림과 양체합일을 하지 않은 상황에서의 사백삼십 년 공력으로 서절신군을 제압하거나 죽이려면 최소한 십초식 이상 손을 써야 할 것 같았다.

카각…….

서걱…….

두 개의 흐릿한 음향이 흘렀다.

하나는 푸른빛의 강막을 자르는 것이고 또 하나는 서절신군의 목을 베는 소리다.

화운룡은 무형검, 아니, 천성여의에서 뿜어진 영롱한 빛의 줄기인 천성여의력(天聖如意力)으로 그대로 파락을 베어가는 동시에 왼손으로 무형지강을 발출하여 월아를 공격했다.

파락은 서절신군의 강막과 목이 베어지는 소리를 듣고 의아한 표정으로 뒤돌아보고 있으며, 월아는 뒤늦게 위험을 감지하고는 허리 뒤쪽에 차고 있는 두 자루 토번혼을 양손으로 잡으려고 했다.

스억…….

"끅……."

파파팟…….

"으음……."

목이 잘린 파락과 다섯 군데 혈도가 제압된 월아가 각기 다른 신음 소리를 냈다.

손을 거둔 화운룡은 잠력을 일으켜서 서절신군과 파락이 쓰러지는 것을 받아 바닥에 살짝 눕히고, 동시에 월아는 침상에 앉혔다.

화운룡은 월아를 죽이려다가 마지막 순간에 생각을 바꿔서 그녀를 제압했다.

아직 이곳에 온 목적을 이루지 못했기 때문에 월아를 이용해서 광덕왕이나 서초후에게 접근하려는 것이다.

침상에 앉혀진 월아는 그때까지도 지금 상황을 이해하지 못하고 눈을 동그랗게 뜬 채 화운룡을 바라보고 있다.

화운룡은 아무 말도 하지 않고 묵묵히 월아를 응시하기만 했는데 그것이 그녀를 더욱 공포스럽게 만들었다.

월아는 화운룡을 뚫어지게 바라보고 있으며 극심한 공포로 새카만 눈동자가 마구 요동쳤다.

그녀는 움직이지도, 말을 하지도 못하는 상황에서 눈동자만을 아래로 굴려 바닥에 쓰러져 있는 서절신군과 파락을 내려다보았다.

두 사람은 바닥에 살짝 눕혀지는 작은 충격에 잘린 목 윗부분 머리가 분리된 상태다.

그런데도 피가 한 방울도 흐르지 않았으며 잘린 목의 단면이 무를 자른 것처럼 매끄러웠다.

월아는 조금 전까지 자신이 다리를 안마해 주던 사부가 이처럼 허무하게 죽었다는 사실이 도무지 믿어지지 않았다. 사부가 이처럼 간단히 죽을 리가 없다.

아주 어렸을 때부터 사부 서절신군에게 키워진 그녀는 그가 얼마나 고강한 존재인지 잘 알고 있다.

천신국에서 천여황과 다섯 명의 오초후를 제외하면 그다음이 팔절신군(八絶神君)이며 서절신군은 팔절신군 중에서도 다섯 손가락 안에 꼽힌다는 것이 정설이다.

그런 서절신군이 찰나지간에 목이 잘려서 거짓말처럼 죽어 버렸다.

뿐만 아니라 팔절신군 바로 아래이며 십존왕의 한 명인 존서사왕(尊西四王)마저도 목이 잘려서 죽었으며 월아 자신은 혈도가 제압되었다.

월아는 천하에 서절신군과 존서사왕을 한꺼번에, 그것도 동시에 공격해서 죽일 수 있는 인물이 존재한다는 사실이 절대로 믿어지지 않았다.

화운룡이 급습을 했건 암습을 했건 간에 서절신군과 존서사왕을 동시에 죽인 눈앞의 저 사람은 천하무적일 거라는 생각이 들었다.

第二章
광덕왕(光德王)

'아아…….'

혼비백산 후에는 무시무시한 공포가 월아를 엄습하여 거기에서 빠져나오지 못했다.

그녀는 혈도가 제압된 상태에서 앉아 있는데도 온몸이 와들와들 마구 떨렸다.

원래 공포는 혈도하고는 상관없이 뇌가 작용을 하는 것이라서 어쩔 수가 없다.

게다가 사실 그녀는 실전을 치러본 적이 전무하다. 천외신계 서천국 서절신전(西絶神殿)에서 사형제들이나 수하들과 이

따금 비무를 해본 것이 경험의 전부였다.

그녀의 공력은 백오십 년 수준으로 꽤 높은 편이고 서절신군의 절학을 전수받아서 고강한데도 무공만큼이나 중요한 실전 경험이 전무해서 막상 싸우게 되면 일류고수 수준 정도를 발휘하게 될 터이다.

그러면서도 중원 무림을 장악하는 대업을 자기네가 맡았더라면 천하를 주유하면서 실컷 싸워 신날 것이라고 큰소리를 뻥뻥 쳤다.

그때 서절신군과 존서사왕의 잘려진 수급이 동시에 둥실 허공으로 떠올랐다.

스으…….

'악!'

월아는 그 광경에 기겁을 했으나 비명 소리는 입 밖으로 나오지 않았다.

두 개의 수급은 화운룡의 얼굴 높이에 나란히 떠올라서 그대로 정지했다.

그는 손가락 하나 까딱하지 않았지만 그가 흘려낸 무형의 잠력이 수급 두 개를 허공으로 떠올린 것이다. 그에게 이런 것은 어린아이 장난 같은 일이다.

서절신군과 존서사왕의 수급은 눈을 뜨고 있으며 얼굴에는 놀라는 표정조차 떠올라 있지 않고 담담했다. 놀랄 새도 없이 죽었다는 뜻이다.

화운룡은 이제부터 서절신군과 존서사왕 둘 중에 하나로 변장을 하려는 생각이었는데, 둘의 용모를 잠시 살펴보다가 서절신군으로 정했다. 여러모로 봐서 서절신군이 적당했다.

변장을 하기 전에 화운룡이 월아를 쳐다보다가 조금 어이없는 표정을 지었다.

침상에 앉아 있는 그녀의 아랫도리가 흠뻑 젖었으며 발아래 바닥에 물이 흥건했는데 누가 봐도 그녀가 실례를 했다는 사실을 알 수 있다.

화운룡은 그녀가 매우 겁이 많다는 사실을 알고 잘됐다는 생각이 들었다.

겁이 많은 사람은 의외로 다루기가 쉽다. 두려움 때문에 다른 생각을 할 엄두를 내지 못하기 때문이다.

화운룡은 그는 짐짓 무서운 표정을 지으며 월아를 지그시 한동안 주시했다.

그런데 단지 그것만으로 그녀는 얼굴이 새하얗게 질려서 시선을 어디에 둘지 몰라 눈을 내리깔며 전신을 사시나무 떨듯이 떨어댔다.

그릇에 물이 가득 찬 상태에서는 나뭇잎 하나만 얹어도 물이 넘치는 것과 같은 이치다.

게다가 이번에는 화운룡이 으스스한 목소리로 중얼거리듯

이 말했다.

"이제 아혈을 풀어줄 것인데 만약 소리를 지른다면 그 즉시 죽는다."

"……."

죽음이 코앞에 닥친 듯 월아의 표정이 백지장처럼 하얘지면서 눈이 미친 듯이 떨렸다.

이윽고 화운룡이 아혈을 풀어주자 월아는 가느다랗게 앓는 소리를 냈다.

"아아……."

"이름이 뭐냐?"

"아아……."

월아는 극도의 공포에 질려서 그의 말을 전혀 듣지 못했다. 그녀의 귀에서 위이잉! 하는 공명음이 우렛소리처럼 들리고 있기 때문이다.

'아혈 다시 제압하고 뺨을 한 대 때려요.'

명림의 생각이 전해졌지만 화운룡은 그렇게 하지 않았다. 아니, 못했다.

그는 예전에 피치 못해서 여자를 죽여본 적은 몇 번 있지만 여자를 때려본 적은 없었다.

"정신을 차리게 하려면 그래야 해요."

명림이 오른팔을 들자 같은 소매에 넣고 있는 화운룡의 오른팔도 들렸다.

'어서 아혈을 제압하세요.'

파팟…….

그러자 화운룡에게서 한 줄기 무형지기가 뿜어지더니 즉시 세 갈래로 갈라져서 월아의 아혈을 제압했다.

'잘하셨어요.'

'무슨 소리냐? 내가 하지 않았다.'

'무얼 말인가요?'

'이 여자 아혈 제압한 것 말이다.'

'당신이 하지 않았다고요?'

'그래.'

두 사람은 잠시 동안 가만히 있다가 어느 순간 동시에 어떤 생각을 떠올렸다.

'림아, 네가 했구나.'

명림은 놀라서 소리쳤다.

'그래요! 제가 한 것 같아요!'

공력이 육백칠십 년에 이르는 화운룡은 어떤 행동을 취하기 위해서 굳이 몸을 사용하지 않아도 된다.

그저 뭘 하겠다고 생각만 하면 그 상황에 가장 적당한 수법이 무형시기나 강기 등이 되어 전개되는 것이다.

말하자면 마음이 가는 곳에 공력이 간다는 심지공(心志功)이라고 할 수 있다.

그런데 그것을 명림이 전개할 수 있었던 이유는 현재 두 사람이 양체합일이 된 상태이기 때문에 합쳐진 공력을 두 사람 중에 누가 사용해도 상관이 없다는 것이다.

지금까지는 당연히 화운룡만 그 공력을 사용할 수 있다고 생각했었지만 양체합일의 원리나 이치를 곰곰이 따져보면 두 사람 다 사용할 수 있다는 사실을 알 수 있다.

다른 것이 있다면 화운룡의 무공을 명림이 전개하지 못한다는 사실이다.

방금 전에는 명림이 월아의 아혈을 제압해야 한다고 생각했더니 그대로 행동으로 옮겨진 것이었다.

육백칠십 년 공력을 자신도 사용할 수 있다는 사실을 알고 나서 명림이 처음으로 한 일은 월아의 뺨을 가볍게 살짝 때리는 일이다.

짜악!

살짝이라고 하지만 월아는 고개가 획 돌아갈 정도로 세차게 뺨을 얻어맞고서 화들짝 놀라는 표정을 지었다.

명림이 월아의 아혈을 풀어주고 화운룡에게 시켰다.

'이제 이름을 물어보세요.'

월아의 이름이 중요한 것이 아니라 그녀가 정신을 수습하게 만들려고 이름을 묻는 것이다.

"이름이 무엇이냐?"

화운룡의 자욱한 목소리에 월아는 후드득 몸을 떨더니 그를 보면서 공포에 질린 얼굴로 조그맣게 말했다.

"아월(阿月)입니다……."

"아월아."

"네? 네……."

사부의 목을 자른 공포의 살신에게 이름이 불리자 아월은 깜짝 놀랐다.

"조금 전에 네 사부가 죽는 것을 봤겠지?"

아월의 시선이 바닥에 쓰러진 채 수급과 몸뚱이가 분리된 서절신군에게 향하더니 부르르 몸을 떨었다.

"네……."

"아월 너의 목숨은 내 손에 달렸다."

"……."

"너를 보호해 줄 사람은 아무도 없다."

"흐윽……!"

갑자기 아월은 와락 흐느낌을 터뜨리더니 눈물이 폭포처럼 흘러내렸다.

"저를 죽이실 건가요……?"

화운룡으로서는 아월을 죽이는 것보다는 죽이지 않는 편이 더 쉽다. 그는 될 수 있으면 여자는 죽이고 싶지 않다.

"말만 잘 들으면 살 수 있다."

화운룡이 그렇게 말을 해놓고 보니까 거리의 불량한 하오배들이나 하는 말투가 돼버렸다.

"그러니까 살고 싶으면 말 잘 듣고 허튼짓하지 마라. 알았느냐?"

그는 내친김에 하오배의 싸구려 말투를 한 번 더 했다.

아월은 닭똥 같은 눈물을 흘리면서 목이 부러질 정도로 고개를 끄떡였다.

"무슨 일이든지 시키는 대로 할 테니까 죽이지만 마세요……! 무서워요… 흑흑……."

화운룡은 사람을 볼 줄 아는 눈이 있는데 그가 봤을 때 아월은 절대로 배신하지 않을 여자다.

이런 종류의 여자는 복종형이며 누군가에게 피지배 즉, 지배를 받는 것을 원한다. 그런 보호 안에서 살아야지만 평안을 느끼기 때문이다.

그는 쓰러져 있는 서절신군의 몸통에 슬쩍 손을 흔들었다.

스스으으…….

그러자 그의 상의와 하의 괴춤이 풀리더니 저절로 벗겨져서 허공으로 떠오르는 것을 화운룡이 손을 뻗어 잡았다.

아랫도리 속곳만 입고 있는 서절신군의 몸은 꽤 퉁퉁한 편이고 키는 화운룡보다 머리 하나 정도 작았다.

화운룡은 절반 정도의 공력을 끌어 올려서 이형변체신공(異形變體神功)의 구결을 외우고 그렇게 해서 생성된 특수하게 변이(變異)한 공력을 온몸으로 보내면서 서절신군의 얼굴과 몸통을 줄곧 살폈다.

이형변체신공 역시 예전 십절무황 시절에 그가 창안한 절학 중에 하나다.

이것은 사술이나 마공이 아닌 순수한 정통 정파의 무공, 아니, 절학이다.

역용이나 인피면구를 사용하지 않고 순수하게 공력만을 사용하여 원하는 대상으로 얼굴 모양을 바꾸고 심지어 체형까지 바꾸기 때문이다.

사백 년 이상의 공력이 있어야지만 이형변체신공을 전개할 수 있지만 미상불 이런 수법을 전개할 수 있는 인물이 중원 무림에는 화운룡 말고는 없을 터이다.

스스스으으… 스으…….

화운룡의 얼굴과 몸이 갑자기 변화를 일으켰다.

"아……."

바로 앞에 서 있는 아월은 화운룡을 바라보고 있다가 눈을 찢어질 것처럼 크게 떴다.

화운룡의 얼굴이 마치 잔잔한 수면에 잔물결이 일렁이는 것처럼 제멋대로 마구 일그러지면서 다른 얼굴로 변하고 있기 때문이다.

"아아⋯⋯."

아월은 괴물을 보는 것처럼 화운룡을 바라보며 계속 신음을 흘렸다.

얼굴뿐만 아니라 몸도 변하고 있다. 이것은 너무 말도 안 되는 일이라서 아월은 자신이 꿈을 꾸고 있는 것이라는 생각이 들었다.

현실에서는 절대로 일어날 수 없는 일이 그녀의 눈앞에서 벌어지고 있다.

명림은 화운룡의 생각을 같은 시간에 읽고 있기 때문에 그가 이형변체신공이라는 수법으로 서절신군의 얼굴과 몸으로 변하고 있다는 사실을 깨달았다.

까무러칠 것 같은 아월보다는 덜하지만 그래도 명림도 적잖이 놀란 마음으로 상황을 지켜보았다.

'정말이지 운검의 능력은 한계는 없는 것 같아.'

아월은 너무 혼비백산해서 넋이 나가 버렸다.

화운룡은 바닥의 시체 두 구를 향해 슬쩍 손을 흔들었다.

퍼어어⋯⋯.

시체 두 구와 두 개의 머리통까지 새파란 불길이 확 일어나더니 두어 번 호흡하는 사이에 화르륵 크게 타올랐다가 불길이 꺼졌는데 바닥에는 그저 먼지 같은 회백색의 가루가 조금

남았을 뿐이다.

그것이 조금 전까지만 해도 위세를 떨치던 서절신군과 존서사왕의 최후의 흔적이다.

방금 화운룡이 전개한 수법은 삼매진화(三昧眞火)라는 수법으로 극양공을 발휘하여 어떤 물체를 태우는 것인데, 보통의 불보다 열 배 이상 뜨거워서 거의 무엇이든지 태워 버리고 타 버린 후에는 거의 흔적이 남지 않는다.

스르……

창이 저절로 열리는가 싶더니 바닥의 유골 가루가 허공으로 떠올랐다가 창밖으로 흘러나가 밤하늘에 흩어졌다.

그러나 아월은 서절신군으로 변한 화운룡을 보면서 눈동자가 커졌다가 작아졌다 반복하면서 경악하느라 그런 사실을 전혀 알지 못했다.

화운룡은 명림과 함께 입고 있는 운명갑 위에 벗겨놓은 서절신군의 옷을 껴입었다.

조금 작은 듯하지만 마른 체구인 두 사람의 몸이나 서절신군의 퉁퉁한 몸이 비슷해서 옷이 딱 맞았다.

화운룡은 시험 삼아 서절신군의 목소리를 흉내 내서 아월을 불러보았다.

"월아."

"아… 네… 사부님……"

"옷을 갈아입어라."

"네? 어째서……."

"옷을 버렸잖느냐?"

"아아… 사부님……."

아월은 너무 놀라서 화운룡의 말을 듣는 둥 마는 둥했다. 죽었던 사부가 눈앞에 서 있으니 그거야말로 놀라지 않으면 정상이 아니다.

"정말 사부님이 맞아요?"

화운룡은 자신이 이형변체신공을 발휘하여 서절신군 모습으로 변하는 과정을 아월이 뻔히 지켜보고서도 이렇게 말하자 그녀의 지금 정신 상태를 짐작할 수 있었다. 한마디로 제정신이 아닌 것이다.

사람이란 자신들이 믿고 싶은 일만 믿는 경향이 있다. 아월은 서절신군이 죽었다는 사실을 믿으려 하지 않았는데, 눈앞에 서절신군하고 똑같이 닮고 목소리까지 같은 사람이 나타나 평소처럼 '월아'라고 부르며 말을 하니 자신이 지금까지 본 것을 헛것 즉, 꿈이라고 생각하게 되었다. 그녀는 한차례 지독한 악몽을 꾸었던 것이다.

화운룡은 빙그레 미소 지으면서 고개를 끄떡였다.

"그래. 사부다."

이제부터 실행할 일을 위해서라도 이러는 것이 나을 듯했다.

"아아… 사부님……."

아월은 쓰러질 듯이 비틀거리면서 다가오더니 화운룡에게 안기며 울음을 터뜨렸다.

"으아앙! 너무 무서웠어요… 사부님……."

화운룡은 상황이 이상하게 돌아가고 있지만 아월을 부드럽게 안아주며 등을 쓰다듬었다.

"월아, 왜 그러느냐?"

명림이 속으로 어이없는 듯 삐죽거렸다.

'어쩜 서절신군 흉내를 능청스럽게 잘할까……?'

'그럼 월아한테 내가 네 사부가 아니라고 말해줄까?'

'앗!'

명림은 화운룡하고는 생각과 마음을 공유한다는 사실을 깨닫고 화들짝 놀랐다.

아월은 화운룡 가슴에 뺨을 비비면서 눈물을 펑펑 흘렸다.

"사부님. 조금 전에 제가 너무 무서운 꿈을 꾸었어요… 그래서 옷까지 버렸다니깐요… 흑흑……."

그런데 명림과 아월의 키가 비슷하다 보니까 두 여자의 얼굴이 옷 사이로 맞닿아서 아월이 흘린 눈물이 명림의 얼굴을 적셨다.

다만 명림은 앞섶으로 얼굴을 가리고 숨어 있는 상황이라서 아월이 모를 뿐이다.

명림은 잠력을 발출하여 아월을 슬쩍 밀어냈다.

화운룡이 아월의 어깨를 잡고 자상하게 물었다.

"무슨 꿈을 꾸었는데 그러느냐?"

아월은 더욱 서럽게 울었다.

"흐어엉……! 사부님께서 목이 잘려 돌아가시는 꿈을 꾸었
어요… 엉엉……."

      *   *   *

그때부터 화운룡은 서절신군 행세를 했는데, 아월이 그를
철석같이 사부로 믿고 있는 덕분이다.

아월이 중간 역할을 잘해주어서 서절신군의 직속 수하를
불러 알아본 결과 서초후는 현재 광덕왕부 내에 없는 것으로
확인됐다.

그리고 마침 광덕왕이 상의할 일이 있다면서 작은 술자리
를 마련했다고 서절신군을 초대했다.

광덕왕 주헌결(朱軒潔)은 화운룡이 예상했던 것보다 훨씬 거
창하게 술자리를 마련했다.

광덕왕부 내의 광덕왕 주헌결의 거처인 승황전(乘黃殿)으로
가는 길에 화운룡이 넌지시 물어보자, 광덕왕이 서초후는 몹
시 어려워하는 반면 서절신군은 공경하면서도 가까운 사이가

됐다고 아월이 설명해 주었다.

화운룡과 아월 단둘이 승황전으로 들어가자 주헌결은 일층 대전 입구까지 나와서 기다리고 있다가 화운룡을 정도 이상으로 반갑게 맞이했다.

"어서 오십시오, 두(杜) 대인."

다른 사람들은 서절신군을 '신군'이라고 부르는데 주헌결은 서절신군의 이름 두라단(杜羅丹)의 성 두에 대인을 붙여서 친근하게 불렀다.

아월의 말에 의하면 사석에서 주헌결은 서절신군 두라단을 '두 형님'이라고 부른댔다.

서절신군 두라단은 벙긋 웃으며 손을 내미는 주헌결에게 자신의 손을 맡겼다.

"갑자기 무슨 술이오?"

주헌결은 나란히 걸으면서 껄껄 웃었다.

"뭐 별일이야 있겠습니까? 두 대인께서 적적하실까 봐 술자리를 마련했으니까 편히 드십시오."

그렇지만 대전 전체에 거창한 연회를 마련하고 악사들과 무희들까지 불러놓은 것을 보고 화운룡이 마뜩잖은 표정으로 손을 저었다.

"우리끼리 오붓하게 마십시다."

"그럴까요?"

화운룡은 빙그레 웃었다.

"나는 술 마실 때 지기(知己) 한 사람만 있으면 되오."

그 지기가 주헌결 자신이라는 생각에 그는 환한 미소를 지으며 고개를 끄떡였다.

"사실 소제도 같은 생각입니다."

결국 승황전 삼 층 아담한 실내의 탁자에 화운룡과 아월, 주헌결과 그의 군사인 등천일협 네 사람만 둘러앉아 술자리를 시작했다.

등천일협이 주헌결의 군사라는 말은 운설과 원종에게 들었지만 그가 현재 광덕왕부에 있으며 술자리에 나올 줄은 예상하지 못했다.

다행스럽게도 광덕왕 주헌결은 화운룡이 서절신군이라고 철석같이 믿고 있다.

하긴 화운룡의 모습과 옷차림, 목소리가 서절신군과 똑같은데 그를 서절신군이 아니라고 생각하는 것이 오히려 더 이상한 일일 터이다.

처음에는 시답지 않은 대화가 오고 가고 화운룡은 그저 고개를 끄떡이면서 짧게 응답만 해주었다.

사석이 되자 주헌결은 대놓고 서절신군을 형님이라 불렀으며 화운룡은 아월에게 들은 대로 점잖게 말을 놓았다.

주헌결은 사십팔 세라서 어느 모로 봐도 서절신군보다 나이가 어렸다.

이 둘은 그리 오래지 않은 시간에 벌써 호형호제하는 사이가 되었다.

주헌결처럼 간교하고 잔인한 인간이 중원인도 아닌 천외신계 토번국의 영주인 서절신군 같은 인물과 허심탄회하게 간담상조하는 사이가 되어 호형호제했을 리는 없고, 아무래도 서로의 이해타산이 맞아떨어진 모양이다.

그런데 주헌결이 갑자기 뜬금없는 말을 했다.

"여황 폐하께서 무슨 일로 서초후님을 부르셨을까요?"

어쩌면 주헌결이 이것 때문에 오늘 술자리를 마련했는지도 모른다.

그러나 화운룡으로서는 자다가 봉창 두드리는 소리라서 얼버무리는 수밖에 없다.

"글쎄… 낸들 알 수 있나."

명림은 숨소리도 내지 않은 채 머리카락도 보이지 않게 옷으로 꽁꽁 싸매고 있으며 아월은 화운룡 옆에 다소곳이 앉아서 그의 시중을 들고 있다.

천여황이 불렀다면 서초후가 중원 북서쪽 국경 밖 몽골 사막 너머에 있다는 천외신계에 돌아갔다는 말인가.

천마혈계가 개시된 것 같은데 대명제국을 장악하는 임무를 맡았을 것으로 추측되는 서초후가 무슨 일로 천여황의 부름을 받은 것인지 화운룡은 속으로 고개를 갸웃거렸다.

주헌결은 조금 서운한 표정을 지었다.

"여황 폐하께서 북경에 오셨으면 저희 왕부에 모시는 것이 도리거늘 어이해 다른 곳에 머무시는 것입니까? 혹시 제가 여황 폐하께 실수라도 했습니까?"

'천여황이 북경에 왔어?'

이 부분에서 화운룡은 놀라지 않을 수 없었다. 천여황이 중원에 들어왔다고 해도 놀랄 판국인데 화운룡과 같은 북경에 있다니 꿈에서조차 상상하지 못한 일이다.

"그러게 말일세."

화운룡은 아는 것이 없기 때문에 대충 대거리를 하면서 속으로는 분주하게 딴생각을 했다.

그러자 아월이 요리 하나를 입에 넣더니 고개를 숙이고 우물우물 씹으면서 화운룡에게 전음을 보냈다.

[여황 폐하께서 중원에 오셨어요? 그건 사부님께서도 모르시는 일인데 어떻게 광덕왕이 알고 있는 거죠?]

화운룡은 속으로 '요것 봐라?'는 생각이 들었다.

지금 주헌결은 화운룡을 떠보고 있는 것이 분명하다. 천여황이 북경에 왔다는 사실을 서절신군이 아는지 모르는지가 아니라 천여황이 어디에 머물고 있는지를 알고 싶은 것이다.

주헌결이 그걸 알아내서 뭘 어쩌자는 것인지는 현재로썬 알 방법이 없다.

어차피 주헌결은 화운룡의 손아귀에 들어 있다. 이렇게 술자리에 마주 앉아 있는 이상 그는 절대로 화운룡에게서 벗어나지 못할 것이다.

그러므로 잠시 그를 데리고 노는 것도 나쁘지 않으리라고 생각했다.

경험과 지식, 그리고 말재주라면 화운룡을 능가할 사람이 흔하지 않을 터이다.

그나저나 천여황이 북경에 있다는 사실은 충격적이다. 모르긴 해도 천여황은 천마혈계를 총지휘하려고 천외신계를 떠나 중원에 들어온 것 같다.

그렇다고 해도 서절신군조차도 모르고 있는 사실을 주헌결이 알고 있다니 그것도 충격적이다.

"흠."

화운룡은 주헌결이 물끄러미 응시하고 있는데도 잠자코 술을 마시고 나서 빈 잔을 내려놓았다.

그러고도 조금 더 뜸을 들이다가 넌지시 말했다.

"그래서 자넨 무얼 원하나?"

머지않아서 대명제국의 황제에 오를 주헌결이 소위 오랑캐라고 천대하는 천외신계 토번국 서절신군 정도의 인물을 형님이라 부른다는 자체가 이해하기 힘든 일이다. 그러나 거기에는 필시 뭐가 곡절이 있을 터이다.

그런데 주헌결은 진심 어린 표정을 지었다.

"여황 폐하를 가까이에서 모시고 싶습니다."

화운룡은 어이가 없었으나 내색하지 않았다.

"흠… 그런가?"

그는 일단 그렇게 대응을 해두었다.

대화가 점점 더 이상한 쪽으로 흐르고 있다. 화운룡은 주헌결이 하는 말에 가장 적절한 대응을 한다고 생각하는데, 주헌결이 하는 말이 갈수록 점입가경이다.

머지않아서 대명제국의 황제가 될 인물이 천여황을 가까이에서 모시고 싶다는 게 말이 되는 얘기인가?

화운룡이 알고 있는 바로는 현재 천여황과 주헌결은 서로를 이용하고 있는 상황이다.

주헌결이 황위에 오르면 이것저것 오만가지를 천외신계 쪽으로 유리하게 만들도록 해놓고는 이용가치가 없을 때 그를 죽인다는 것이 천외신계의 계략이다.

아니, 그것이 천외신계의 계략일 것이라고 화운룡이 짐작하고 있는 것이다.

주헌결로서는 천여황을 아래로 보거나 백번 양보하더라도 수평적인 상대로 대하면 된다. 그것이 대명제국 황제가 될 사람의 자세다.

그런데 예상 밖으로 주헌결은 스스로를 한껏 낮춰서 마치 자신이 천여황의 신하라도 된 것처럼 행동하고 있으니 이해하기 어려운 일이다.

화운룡은 거기에는 뭔가 이유가 있을 것이라 생각하고 그것을 알아내기 전까지는 말조심을 해야겠다고 마음먹었다.

"두 형님께서도 여황 폐하께서 저를 많이 귀여워하셨다는 것을 아시잖습니까?"

"그랬었나?"

화운룡은 말조심을 해야겠다고 방금 전에 생각했었는데 주헌결의 말이 너무 충격적이어서 내심의 말이 그냥 튀어나가고 말았다.

천여황이 주헌결을 귀여워하다니 말도 되지 않는 얘기다. 더구나 주헌결을 보면 그걸 매우 자랑스럽게 여기는 것 같지 않은가.

주헌결은 약간 어이없는 표정을 지었다.

"왜 그러십니까? 그때 그렇게 말씀하신 사람은 형님 아니셨습니까? 여황 폐하께서 소제를 귀여워하신다고요."

화운룡의 머리가 빠르게 회전했다. 그는 엷게 미소 지으며 고개를 끄떡였다.

"깜빡했네. 맞아, 그랬었지."

이럴 땐 그냥 시인만 해야지 말이 많으면 의심을 받는다.

특히 등천일협이라는 놈이 조금 전부터 아닌 척하면서도 날카로운 눈으로 화운룡을 살피고 있다.

주헌결은 진심 어린 표정으로 말했다.

"제가 십 년 전에 천신국에 가서 일 년 동안 지내면서 여황 폐하를 몇 번이나 알현한 줄 아십니까? 도합 다섯 번입니다. 다섯 번."

"……."

"그중에 한 번은 연회에 초대되어서 여황 폐하께서 직접 하사하신 술잔도 받았습니다. 홍옥치(紅玉巵) 기억하십니까? 소제의 가보입니다."

홍옥치라면 홍옥으로 만든 최고급의 술잔을 말하는데 천여황이 그걸 주헌결에게 하사했다는 것이다.

화운룡은 말문이 막혔다. 그뿐 아니라 정신마저 멍해졌다.

이건 엄청난 사건이다. 그래서 화운룡의 눈동자가 커졌거나 놀라움을 나타냈을 수도 있지만 그는 그런 것까지 감출 만큼 여유롭지 못했다.

광덕왕 주헌결이 천외신계에 가서 일 년 동안이나 지냈었다니 제아무리 머리가 좋은 화운룡으로서도 상상조차 하지 못했던 일이다.

그렇다면 광덕왕에 대해서 근본부터 완전히 새롭게 생각을 해야만 할 일이다.

십 년 전이라면 주헌결이 삼십팔 세이며 황위 찬탈의 음모를 꾸미기 훨씬 전이다.

그렇다면 주헌결은 천외신계에 가서 일 년간 지내는 동안 대명제국의 황위에 오르겠다는 결심을 하게 되었던 것이 분명하다.

그가 제 발로 천외신계에 가지는 않았을 것이다. 당금 황제의 친동생인 그는 천외신계라는 곳이 있는지조차도 몰랐을 테니까 천외신계 인물에게 납치됐을 가능성이 크다.

시작은 납치였지만 천외신계에 가서는 융숭한 대접을 받았을 것이다.

천외신계는 그저 평범하게 왕으로서 살아가고 있던 주헌결을 납치해 일 년 동안 그곳에서 살게 하면서 그를 회유하여 황위를 찬탈하고 황제가 되도록 유도했을 것이다.

그러니까 주헌결은 자의가 아닌 타의에 의해서 황제가 되려는 것이다.

주헌결이 대명제국의 황위에 오른 후에 천외신계가 적당한 때 그를 죽이고 대명제국을 탈취할 것이라는 화운룡의 예상은 철저하게 빗나갔다.

주헌결이 완전히 천외신계 사람이 되었기 때문이다. 그가 천여황을 가까이에서 모시고 싶다고 진심 어린 표정으로 말하는 것만 봐도 잘 알 수가 있다.

주헌결은 대명제국의 황제보다는 천여황의 신하가 되고 싶어서 안달하고 있다.

그런 정도인 주헌결을 천외신계가 이용가치가 없어졌다는 이유로 죽일 리가 없다.

주헌결은 마치 찬양이라도 하듯이 두 팔을 벌려 손바닥을 위로 향하게 하고 거룩한 표정을 지었다.

"그때 마지막 다섯 번째 알현에서 여황 폐하께서 소제에게 홍옥치를 하사하시면서 뭐라고 말씀하셨는지 아십니까?"

화운룡은 고개를 끄떡이며 슬쩍 넘겨짚었다.

"그 말은 귀가 따갑게 들었네."

주헌결은 환하게 웃으면서 꿈을 꾸는 듯한 얼굴로 말했다.

"주헌결 너를 중원의 영주(領主)로 임명하고 장차 중원국의 제후로 세우겠노라, 라고 말씀하셨습니다."

"흠… 그렇게 말씀하셨지."

충격의 연속이다. 천여황이 그렇게 말했다는 것은 주헌결을 죽이지 않을뿐더러 장차 대명제국의 황제가 아닌 제후로 삼겠다는 뜻이다.

'음, 천여황의 야망이 그토록 원대했었군.'

주헌결을 대명제국의 제후로 삼는다는 말은 또 다른 것을 상상하게 만들었다.

천여황은 무림이나 중원만 정복하려는 것이 아니다. 중원의 주변국들을 모조리 정복하려는 것이 분명하다. 그래서 각 나라에 제후를 앉혀놓고 자신은 여황으로서 어마어마한 대제국을 통치하겠다는 야망인 것이다.

주헌결은 주먹으로 자신의 손바닥을 두드리며 억울하다는 표정을 지었다.

"그런 말씀까지 하신 여황 폐하께서 북경에 오셨는데 어이해 저를 부르지 않으시는지 야속한 겁니다."

"그런데 자넨 여황 폐하께서 북경에 오신 사실을 어떻게 알게 된 건가?"

화운룡이 훅 치고 들어갔다.

주헌결은 머뭇거렸다.

"그게……."

화운룡은 조금 엄한 표정을 지었다.

"나한테도 비밀인가?"

주헌결은 두 손을 저었다.

"아닙니다. 소제가 두 형님께 그럴 리가 있겠습니까?"

그는 그걸 어떻게 알았는지 말하기 전에 넌지시 떠보았다.

"형님께선 여황 폐하께서 북경에 오셨다는 사실을 알고 계셨습니까?"

"조금 전에 자네한테 듣고 처음 알았네. 그래서 속으로 꽤 놀랐지."

화운룡은 솔직하게 대답했다.

주헌결은 고개를 끄떡였다.

"그러셨군요. 서초후님께서 여황 폐하의 부름을 받고 형님께 알릴 경황도 없이 부랴부랴 가셨군요."

그는 화운룡의 빈 잔에 술을 따랐다.

"그래서 소제가 형님께 술을 마시자고 모신 겁니다. 그걸 말씀드리려고요."

"고맙네."

"소제는 비찰림을 통해서 알았습니다."

"와둔이 알려준 건가?"

아까 서절신군에게 와서 동창고수의 북경 회군에 대해서 보고했던 비찰림 제칠로주의 이름 와둔을 화운룡이 서슴없이 말하자 조금쯤 의심의 눈으로 지켜보던 등천일협의 표정이 그제야 풀어졌다.

비찰림 제칠로주 와둔은 북경 지역 담당이며 그에 대해서는 최고위층 몇몇만 알고 있다.

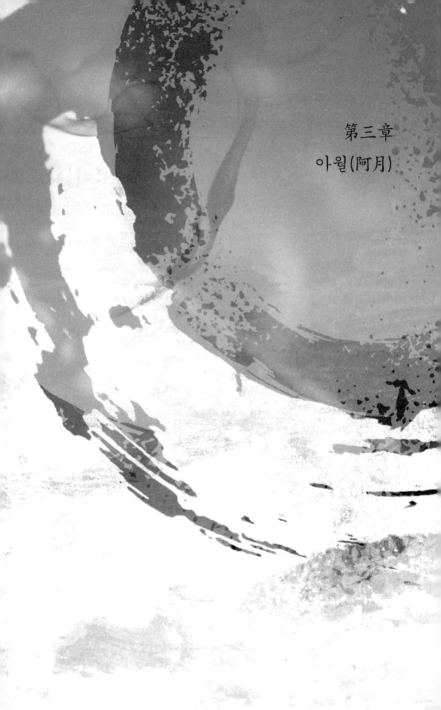

第三章

아월(阿月)

그런데 주헌결은 고개를 가로젓고는 의미심장한 미소를 지으며 말했다.

"아닙니다. 비찰림주가 알려주었습니다."

그때 아월이 화운룡에게 전음을 보냈다.

[비찰림주 이름은 찰하륜(札河崙)이에요. 몽고인이죠. 주헌결은 천신국에 왔을 때 찰하륜과 친해졌으며 나중에는 그와 결의형제를 맺었어요. 찰하륜이 의동생이죠. 마흔두 살이에요.]

화운룡은 아월이 이토록 상세하게 설명을 해준 것에 대해서 조금 놀랐다.

아월이 화운룡을 서절신군이라고 믿고 있다면 이런 설명이 필요하지 않다.

아월이 알고 있는 것이라면 당연히 서절신군도 알고 있을 것이기 때문이다.

그러니까 아월이 그런 말을 해준 것은 화운룡이 진짜 서절신군이 아니라는 사실을 알고 있다는 뜻이다.

그런데도 아월은 그 사실을 주헌결 등에게 밝히는 대신 오히려 화운룡을 돕고 있다.

아월이 죽는 것이 두려워서 자발적으로 화운룡을 돕는 것인지 다른 꿍꿍이가 있는지는 모르겠다.

그러나 화운룡은 그것은 나중에 따지기로 했다. 지금으로 봐서 아월이 배신할 것 같지는 않기 때문이다.

그는 주헌결을 보면서 고개를 끄떡였다.

"찰하륜이라면 모르는 것이 없겠지. 자넨 의제 잘 둔 덕에 정보가 훤하군그래."

화운룡이 비찰림주가 찰하륜이라는 것과 그가 주헌결의 의제라는 것까지 말하자 등천일협은 더 이상 그를 의심의 눈으로 보지 않았다.

주헌결은 겸연쩍게 웃었다.

"소제에게 의제면 형님께도 의제 아니겠습니까?"

"그런 의제 필요 없네."

천여황이 북경에 왔다는 사실을 주헌결에게만 알려준 그런 의제는 필요 없다는 뜻이다.

"하하하! 왜 그러십니까, 형님?"

주헌결이 껄껄 웃고 나서 자신 있는 얼굴로 말했다.

"찰하륜이 여황 폐하 계신 곳을 알아내면 소제가 직접 찾아가서 뵙고 나서 이곳으로 모실 겁니다."

그러면 찰하륜이 곤란해지거나 벌을 받겠지만 화운룡은 거기에 대해서는 상관하지 않았다.

화운룡은 천여황에 대해서는 더 이상 알아낼 것이 없다고 판단하여 화제를 슬쩍 바꾸었다.

"자네 비룡은월문에 황궁고수와 동창고수, 그리고 군사를 삼만이나 보냈지?"

주헌결과 등천일협은 가볍게 놀랐다.

"형님께서 그걸 어떻게 아셨습니까?"

"나도 귀가 있네."

주헌결은 멋쩍게 웃었다.

"그걸로 비룡은월문은 끝장입니다."

주헌결은 황궁고수들이 몰살당하고 동창고수들이 북경으로 돌아왔다는 사실을 모르고 있는 듯했다.

비찰림주 찰하륜이 정작 중요한 정보는 주헌결에게 알려주지 않은 모양이다.

그게 아니면 찰하륜이 아직 그 사실을 보고받지 않았는지도 모른다. 그것도 아니면 찰하륜에게 무슨 꿍꿍이가 있는 것일 게다.

어쨌든 그것까지는 화운룡이 알 필요가 없다.

"정현왕 때문에 그러는 겐가?"

화운룡으로서는 주헌결이 비룡은월문을 괴롭히지 않으면 그것으로 만족한다.

주헌결은 등천일협을 가리켰다.

"저 친구가 반드시 정현왕을 죽여야 한다고 그래서……."

이제 보니까 화운룡이 죽여야 할 놈은 주헌결이 아니라 등천일협이었다.

화운룡은 일부러 등천일협을 쳐다보지도 않고 주헌결에게 지나가는 말처럼 말했다.

"황궁고수 오백 명이 몰살당하고 동창고수 오백 명은 북경으로 되돌아왔다는 사실을 알고 있나?"

주헌결은 눈을 크게 떴다.

"네에?"

놀라는 걸 보니 주헌결은 모르고 있었던 것이 분명하다.

주헌결은 등천일협에게 엄한 얼굴로 물었다.

"자넨 알고 있었나?"

등천일협이 아주 미미하게 당황하는 표정을 화운룡은 놓치지 않았다.

그러나 등천일협은 곧 태연하게 능청을 떨었다.

"저는 전혀 몰랐습니다."

주헌결은 등천일협이 당황하는 모습을 보지 못했다.

화운룡이 등천일협에게 슬쩍 손을 뻗었다.

"자네……."

파파팟…….

"윽……."

순간 등천일협은 마혈이 제압되어 뻣뻣해졌으며 얼굴에 놀라움이 가득 떠올랐다.

화운룡은 그를 제압하려고 굳이 손을 뻗지 않고 무형지기를 발출하면 되지만 지금은 서절신군 행세를 하고 있어서 그 수준에 맞춘 것이다.

등천일협이 백무신 중에 한 명이라고 해도 서절신군보다는 두어 수 하수다.

난데없는 상황에 주헌결은 깜짝 놀랐다.

"형님, 왜 그러십니까?"

"자넨 가만히 있게."

"알겠습니다."

주헌결은 상황의 심각성을 깨닫고 고개를 끄떡였다.

화운룡은 표정의 변화 없이 담담히 등천일협을 쳐다보았다.

"내 성격 알지?"

"……."

"솔직하게 대답하지 않을 때마다 팔을 하나씩 자르겠다."

그러자 시키지도 않았는데 아월이 벌떡 일어나서 등천일협 뒤로 가더니 허리의 토번혼을 뽑았다.

스릉……

그러나 등천일협은 눈 하나 까딱하지 않았다. 배짱도 있겠지만 설마 주헌결 면전에서 군사인 자신의 팔을 자를 수 있겠느냐는 표정이다.

화운룡은 주헌결을 쳐다보았다.

"그래도 되겠나?"

등천일협의 팔을 잘라도 되겠느냐는 물음에 주헌결은 고개를 끄떡였다.

"형님 뜻대로 하십시오."

그제야 등천일협의 얼굴이 흠칫 변했다.

화운룡은 등천일협에게 물었다.

"다시 묻겠다. 황궁고수들이 몰살당하고 동창고수들이 북경으로 돌아온 사실을 알고 있었느냐?"

등천일협은 억눌린 듯한 얼굴로 겨우 대답했다.

"알고 있었습니다."

주헌결은 굳은 표정으로 등천일협을 주시할 뿐 아무 말도 하지 않고 지켜보았다.

"어째서 주 아우에게 보고하지 않았느냐?"

등천일협은 주헌결의 눈치를 보았다.

"전하께 비룡은월문을 괴멸시키고 정현왕 일가를 죽일 수 있다고 자신했기 때문에 그 사실을 보고하면 문책당할 것이 두려웠습니다."

"허어……."

그가 시인하자 주헌결은 어이없는 표정을 지었다.

주헌결이 핀잔을 주었다.

"그러니까 내가 처음부터 정현왕은 걱정할 게 없으니까 내버려 두자고 했잖은가?"

등천일협은 아무 말도 못하고 착잡한 표정을 지었다.

사실 그가 정현왕을 죽여야겠다고 생각한 것은 광덕왕의 군사로서 뭔가 근사한 성과를 내보여야겠다는 작은 욕심에서 시작되었다.

처음에는 정현왕을 죽이는 것이 간단할 것이라고 예상하고 일을 추진했으나 그게 생각처럼 쉽지 않고 점점 커지자, 이제는 미대난도(尾大難掉), 꼬리가 너무 커져서 빼도 박지도 못하는 상황이 돼버린 것이다.

화운룡은 조용한 목소리로 물었다.

"은오루와 통천방에게 비룡은월문을 괴멸시키고 정현왕을

죽이라고 사주한 것도 너였느냐?"

등천일협은 일그러진 얼굴로 대답했다.

"그렇습니다."

주헌결의 표정이 변하지 않는 것으로 미루어 그 사실은 알고 있는 듯했다.

화운룡이 이번에는 주헌결에게 물었다.

"자네 통천방과 은오루가 멸문했다는 사실을 알고 있나?"

"네에?"

주헌결의 얼굴에 커다란 놀라움이 떠올랐다. 그것으로 대답은 듣지 않아도 좋았다.

"통천방은 무림의 춘추구패 중에 하나라던데 그런 대방파가 멸문한 겁니까?"

"그렇네."

"누가 그런 겁니까?"

"그야 당연히 비룡은월문이지."

"아……."

비룡은월문을 시골구석에서 요즘 잘나가는 그렇고 그런 문파 정도로 생각했던 주헌결은 머릿속이 휑했다.

화운룡은 심각한 표정을 지었다.

"비룡은월문은 통천방과 은오루를 멸문시키고 오백의 황궁 고수들까지 몰살시켰네."

주헌결은 심각한 얼굴로 고개를 끄떡였다.

"굉장하군요."

"내 생각인데 동창고수들이 북경으로 돌아온 것도 배후에 비룡은월문이 있는 것 같네."

"그렇습니까?"

화운룡은 등천일협을 차갑게 주시했다.

"네 생각은 어떠냐?"

등천일협은 착잡한 표정을 지었다.

"저도 그렇게 생각합니다."

"배후에 비룡은월문이 있다면 십중팔구 그들도 북경에 왔을 것 같지 않느냐?"

등천일협은 주헌결을 힐끗 보고 나서 겨우 대답했다.

"그… 럴 겁니다."

화운룡이 넌지시 물었다.

"비룡은월문이 북경에 무엇 때문에 왔을 것 같으냐?"

"그들은……."

등천일협이 대답을 못 하자 아월이 가차 없이 토번혼을 치켜드는 것을 화운룡이 제지했다.

"기다려라."

등천일협은 자신의 뒤에 서 있는 아월이 팔을 자르려 한다는 사실을 깨닫고 등골이 쭈뼛하여 몸을 부르르 떨더니 다급하게 말했다.

"전하를 죽이려고 할 것입니다……!"

주헌결은 움찔했다. 그는 바보 천치가 아니기에 비룡은월문이 어째서 자신을 죽이려고 하는지 알아들었다.

정현왕을 죽이기 위해서 최초에는 사해검문과 태사해문을 동원했으며, 그다음에는 통천방과 은오루, 그리고 얼마 전에는 황궁고수들과 동창고수들, 삼만대군을 보냈다가 비룡은월문에게 다 섬멸되거나 회유당하고 삼만대군만 남은 처지이다.

주헌결이 비룡은월문 입장이라고 해도 당연히 그 모든 일의 원흉인 주헌결을 죽이려고 할 터이다.

그런 생각을 하자 주헌결은 가슴이 서늘해졌다.

화운룡이 다시 물었다.

"통천방과 광덕왕부 중에 어느 곳이 크냐?"

등천일협은 대답하고 싶지 않지만 대답이 조금이라도 늦으면 팔이 잘릴 것이므로 쥐어짜내듯이 대답했다.

"통천방이 큽니다."

"비룡은월문이 광덕왕부를 공격하면 어찌 될 것 같으냐?"

"전… 멸할 것입니다."

화운룡은 돌덩이처럼 굳은 표정의 주헌결을 쳐다보았다.

"자네 비룡공자라는 별호를 들어보았나?"

"들어봤습니다. 비룡은월문의 문주인데 천하제일의 미남이며 대단한 인물이라고 들었습니다."

화운룡은 자신이 이곳에 온 임무에 충실했다.

"그가 선포한 유명한 말이 있는데 알고 있나?"

"모릅니다. 뭡니까?"

"비룡은월문을 비롯하여 자신이 정한 삼백 리 평화지대를 건드리는 자는 용서하지 않겠다는 것일세."

"음."

"지금껏 비룡은월문을 건드린 방파나 문파는 다 멸문했네. 한 군데도 남김없이."

주헌결의 얼굴은 조금 전보다 더 일그러졌고 등천일협의 얼굴은 착잡해졌다.

화운룡의 다음 말을 듣지 않아도 짐작할 수 있지만 주헌결은 그래도 기대하는 표정으로 말했다.

"아무리 비룡공자라고 해도 설마 당금 황제의 친동생인 소제를 공격하지는 않겠지요?"

화운룡은 대답을 등천일협에게 양보했다.

"네가 대답해라."

등천일협은 자포자기한 상태라서 착잡한 얼굴로 대답했다.

"공격할 겁니다."

"뭐어……."

비룡은월문은 자신들을 건드린 방파와 문파들을 다 멸문시

켰다고 했으며, 황제의 친동생이라고 해도 공격을 할 것이라고
한다.

또한 비룡은월문이 공격하면 광덕왕부가 전멸할 것이라고
도 말했다. 광덕왕부의 전멸은 주헌결의 죽음을 뜻한다.

주헌결은 애써 웃으며 화운룡을 쳐다보았다.

"그래도 형님께서 지켜주시겠지요?"

이때 화운룡은 잠시 고민했다. 귀찮게 이럴 게 아니라 그냥
이 자리에서 주헌결과 등천일협 둘 다 죽여 버리는 것도 방법
중에 하나라고 말이다.

그러나 그동안 비룡은월문을 공격한 원흉이 등천일협이고,
주헌결은 아는 것이 별로 없다는 사실이 드러난 마당에 굳이
주헌결을 죽일 필요는 없다는 생각도 들었다.

더구나 극한 상황이 아니라면 황족, 그것도 옥봉의 숙부로
서 화운룡에게는 처삼촌인 주헌결을 죽이는 것은 자제하는
것이 좋다.

화운룡은 술을 마시는 척하면서 아월에게 전음했다.

[광덕왕부에 천신국 고수가 얼마나 있느냐?]

아월은 등천일협 뒤에 토번혼을 쥐고 서서 공손히 대답했
다.

[사부님께선 휘하 오외신군(五外神軍) 십만 중에서 일만 명
을 북경에 이끌고 오셨으며 천 명이 이곳 광덕왕부에 있습니

다. 다른 구천 명은 북경 외곽에 주둔하고 있어요. 그들은 무림인이 아니라 군사지만 일류고수 이상 강해요.]

주헌결이 대답을 기다리고 있지만 화운룡은 궁금한 게 있어서 아월에게 또 물었다.

[오외신군이 서절신군 휘하고 십만 명이냐?]

[그래요.]

아월은 화운룡이 자신의 사부가 아니라는 사실을 알고 있는 게 분명하다.

그러면서도 화운룡 편에 서는 것이 아까 죽이겠다고 위협한 것 때문인지 아니면 다른 이유가 있는지 모르겠다. 어쨌든 그걸 알아내는 것은 나중 일이다.

[그럼 서초후는 무엇이냐?]

[서천국의 제후예요. 사부님께선 대장군이시고요.]

화운룡의 다소 애매한 질문에 아월은 아주 간단하고도 알아듣기 쉽게 대답했다.

[그럼 십존왕은 뭐지?]

[아까 사부님께서 죽인 존서사왕은 서천국 휘하에 있는 서천문(西天門)의 문주예요. 그의 휘하에는 오천 명의 고수들이 있어요.]

아월은 화운룡이 사부가 아닌 줄 알면서도 사부라고 불렀다. 마땅한 호칭이 없기 때문일 것이다.

지금 상황에서 화운룡에게 아월은 큰 도움이 되고 있다.

그러니까 서천국의 신조삼위 최고 등급인 서초후는 제후 즉, 왕이고 그 아래 서절신군은 십만대군을 지휘하는 대장군, 그리고 존서사왕은 서천문이라는 문파의 문주로서 오천 명의 고수를 거느리고 있다는 것이다.

화운룡은 등천일협만 죽이기로 작정했다. 별 의심 없이 그를 죽이려면 그를 조금 더 궁지에 몰아넣어야 할 것 같았다.

그는 한동안의 침묵을 깨고 어렵사리 말을 꺼내는 것처럼 뜸을 들였다.

"어쩌면 말일세."

주헌결은 꽤 긴장했다.

"말씀하십시오."

"여황 폐하께서 북경에 오셨으면서도 자네를 부르지 않은 이유는 아마도 이것 때문인 것 같네."

주헌결은 심장이 철렁 내려앉는 표정을 지었다.

"여황 폐하께서 알고 계신다는 겁니까?"

"그럼 모르시겠나?"

"아아……."

주헌결은 크게 낙담했다.

*   *   *

화운룡은 등천일협을 향해 슬쩍 손을 저었다.

파팟…….

그것으로 등천일협의 아혈이 제압됐다. 이제 그에게서 더 이상 들어야 할 말이 없으며 오히려 그가 입을 벌리면 시끄럽기만 할 것이다.

아혈이 제압되어 말을 할 수 없게 된 등천일협은 불길한 예감에 눈을 커다랗게 뜨고 무슨 말을 하고 싶은지 목의 울대를 꿀렁거렸지만 한마디도 흘러나오지 않았다.

화운룡이 등천일협의 혼혈을 제압하여 기절시키지 않은 것은 정신이 말짱한 상태에서 죽이기 위해서다.

그래야지만 공포심을 극대화할 수 있고 자신이 무슨 죄를 저질렀는지 뼈저리게 깨달을 것이다.

화운룡은 주헌결에게 진지한 얼굴로 말했다.

"이제부터 자네가 해야 할 일은 여황 폐하께 자네 죄를 씻는 것일세."

죄를 씻는다는 말에 주헌결은 바짝 긴장했다.

"어… 떻게 말입니까?"

"천신국이 천신대계를 전개하고 있는 상황에 예상하지 않았던 비룡은월문이라는 강적이 나타난 것은 여황 폐하에 대한 대죄를 지은 것이 아니겠는가?"

"음… 그렇죠."

주헌결의 얼굴이 참담하게 일그러졌다.

"그러니까 그걸 자네가 한 게 아니고 누가 자네 몰래 일을 저질렀다고 희생양을 세우는 걸세."

주헌결이 반사적으로 등천일협을 쳐다보았다.

화운룡의 말을 들은 등천일협은 눈을 찢어질 듯이 부릅뜨고 온몸을 부들부들 떨어댔다.

지금 화운룡과 주헌결이 자신을 희생양으로 삼자는 대화를 하고 있으니 공포가 뼛속으로 파고들 수밖에 없다.

주헌결은 아예 한 술 더 떴다. 그는 등천일협을 쳐다보면서 고개를 끄떡였다.

"희생양이 아닙니다. 정현왕을 죽여야 한다고 강변하면서 비룡은월문 공격을 지휘한 게 전부 저놈 짓입니다. 그러니 죽어 마땅합니다."

주헌결은 자신이 살기 위해서 조금 전까지만 해도 가장 신뢰하던 군사를 가차 없이 잘라내는 것을 주저하지 않았다. 그리고 그의 말이 사실이기도 했다.

따지고 보면 주헌결에게 죄가 있다면 등천일협을 말리지 못한 죄 정도에 불과하다.

화운룡이 아월을 쳐다보자 그녀는 등천일협을 당장에라도 죽이고 싶은지 눈이 초롱초롱 빛났다.

반면에 등천일협은 눈을 커다랗게 부릅뜨고 화운룡과 주헌 결을 번갈아 바쁘게 쳐다보느라 눈동자 구르는 소리가 들리는 것 같았다.

화운룡이 가볍게 고개를 끄떡이는 것을 신호로 아월의 토번혼이 허공을 수평으로 번쩍 갈랐다.

파아…….

아월의 솜씨는 훌륭했다.

화운룡과 주헌결이 지켜보는 가운데 뒤에 선 아월의 토번혼이 등천일협의 목을 가로로 단칼에 깔끔하게 잘랐다.

목에서 분리된 수급이 허공으로 둥실 떠오르는데 순간적으로 빠르게 잘라서인지 피가 흐르지 않았다.

화운룡은 손을 뻗지도 않고 극양지기를 발출하여 수급의 잘린 단면을 지져 버렸다. 그것으로 수급에서는 피가 흐르지 않게 되었다.

아래로 떨어지는 수급이 스르르 두 사람 쪽으로 느릿하게 날아와서 탁자에 놓였다.

화운룡은 일부러 얼굴이 주헌결 쪽으로 가게 했다. 그도 전혀 잘못이 없지 않기에 죽은 등천일협의 수급을 보면서 뭔가 작은 깨우침을 얻으라는 뜻이다.

핏발이 곤두선 눈을 한껏 부릅뜨고 벌어진 입에서 침을 흘리고 있는 등천일협의 수급은 웬만큼 간이 큰 사람이 보더라도 모골이 송연할 터이다.

더구나 등천일협의 시선은 주헌결을 쏘아보고 있었다.

"흐으으……"

주헌결은 수급을 보고는 부르르 몸서리를 치더니 얼른 외면하며 낮게 소리쳤다.

"치… 치워주십시오……!"

그가 천여황의 작은 축으로써 여러 가지 일들을 하고 있지만 황족으로 곱게 컸기에 이런 끔찍한 수급을 코앞에서 보는 일은 생전 처음이다.

화운룡이 일러주었다.

"수하에게 이걸 보관하도록 지시해서 나중에 여황 폐하께 보여 드리게."

"아… 알겠습니다……."

수하를 시켜서 등천일협의 수급을 잘 보관하도록 지시하고 그 과정을 지켜보면서 주헌결은 자신이 얼마나 큰 위기에서 벗어났는지 깨닫게 되었다.

"형님께 큰 은혜를 입었습니다. 뭐라고 감사를 드려야 할지 모르겠습니다."

화운룡은 주헌결에게 감사보다는 다짐을 받고 싶었다.

"자네 정현왕은 어떻게 할 텐가?"

주헌결은 하마터면 천여황의 눈 밖에 나려다가 구사일생 살아났기에 가슴을 쓸어내렸다.

"소제가 황위에 오를 때까지 그가 별다른 짓을 하지 않기만을 바래야겠지요."

그는 그래도 정현왕이 심적으로 조금쯤은 께름칙한 것을 감추지 않았다.

화운룡은 잠시 그 문제를 덮어두고 다른 얘기를 꺼냈다.

"자네 아들과 딸은 어디에 있나?"

그가 불쑥 꺼낸 얘기에 주헌결은 문득 얼굴에 짙은 그늘이 깔렸다.

"그렇지 않아도 그 아이들 때문에 걱정이 커서 잠도 자지 못할 지경입니다."

화운룡은 넌지시 물었다.

"무슨 문제가 있나?"

주헌결의 얼굴이 더욱 어두워졌다.

"그 아이들 사문이 하북팽가입니다. 그런데 사문의 아이 둘과 함께 남쪽 지방을 여행하던 중에 연락이 두절된 상태입니다. 벌써 한 달이 넘도록 감감무소식입니다."

"그런가?"

화운룡이 고개를 끄떡이자 주헌결은 혹시나 하는 심정으로 그에게 매달렸다.

"혹시 형님께서 그 아이들에 대해서 뭔가 알고 계시는 것이 아닙니까?"

방금 화운룡이 주헌결의 아이들에 대해서 먼저 얘기를 꺼냈기 때문이다.

화운룡은 짐짓 심각한 표정을 지었다.

"음, 내가 한 가지 보고를 받았는데 아무래도 자네 아이들 같아서 말일세."

그렇지 않아도 실종된 자식들 걱정으로 밤잠을 설치고 있던 주헌결이라서 귀가 솔깃했다.

"무슨 보고입니까?"

여기에서부터는 화운룡이 얘기를 만들어냈다.

"강소성 남쪽 지방에서 비룡은월문을 감시하는 비찰림 제팔로주의 보고에 의하면 자네 아이들과 하북팽가의 두 자식이 아무래도 비룡은월문에 붙잡혀 있는 것 같네."

"아앗!"

주헌결은 너무 놀라서 자리에서 벌떡 일어섰다.

"그, 그게 정말입니까?"

화운룡은 진중하게 고개를 끄떡였다.

"제팔로주에게 확인을 시켰더니 거의 확실한 것 같네."

"아아……."

주헌결은 얼굴이 창백해지고 짧고 검은 수염이 부르르 세차게 떨렸다.

"그 아이들이 비룡은월문에 붙잡혔다니……"

어느 부모가 자식이 귀하지 않을까만 주헌걸은 병적일 만큼 자식들에 대한 애정이 더 심했다.

비룡은월문이 주헌걸의 자식인 주형검과 주자봉을 붙잡은 이유는 굳이 설명하지 않아도 뻔하다.

주헌걸이 정현왕을 죽이려고 비룡은월문을 얼마나 많이 괴롭혔는지 알고 있다면 그의 자식들이 비룡은월문에 붙잡힌 것에 대해서 입이 열 개라도 할 말이 없을 터이다.

주헌걸은 자식들이 비룡은월문에 잡혀 있는 것이 죽은 등천일협 때문이라는 생각이 들자 그를 한 번 더 처참하게 죽이고 싶을 정도로 저주스러웠다.

"형님, 그 아이들을 구할 무슨 방법이 없겠습니까?"

주헌걸은 화운룡, 아니, 서절신군에게 뾰족한 방법이 없다는 것을 뻔히 알면서도 그에게 매달렸다.

화운룡은 주헌걸이 애걸복걸하는 걸 한동안 묵묵히 지켜보기만 했다. 그를 극한 상황으로 몰아붙이려는 것이다.

그러다가 한참 후에야 매우 진지한 표정으로 말문을 열었다.

"아까 북경으로 돌아온 동창고수 배후에 비룡은월문이 있을 것이라고 하지 않았나?"

"그… 러셨죠."

주헌결은 무언가 희미한 서광이 비추는 것 같아서 기대 어린 표정을 지었다.

"지금 와둔이 그들을 찾고 있네."

"와둔이라면……."

"비찰림 칠로주일세."

"아……."

"비룡은월문을 찾아내면 한 번 부딪쳐 보기로 하세."

주헌결은 복잡한 표정을 지었다.

"부딪쳐 본다는 것은 무슨 말씀이신지……."

"비룡공자를 직접 만나보는 걸세."

"……."

주헌결은 설마 비룡공자를 만나자고 할 줄은 몰랐기에 큰 충격에 멍한 표정을 지었다.

"비룡공자를 만나도 괜찮겠습니까?"

주헌결이 비룡공자 입장이라고 해도 주헌결에게 원한이 클 텐데 그를 직접 만나서 무사할 것 같다는 생각이 일 푼어치도 들지 않았다.

화운룡은 조용한 어조로 말했다.

"비룡공자가 뭐라고 했었나?"

"뭐라고 했습니까?"

"비룡은월문과 삼백 리 평화지대를 건드리지 않으면 자신도 가만히 있겠다고 선포했다지 않은가?"

그렇게까지 말했는데도 주헌걸은 화운룡이 무슨 말을 하려는 것인지 알아차리지 못했다.

화운룡이 알기 쉽게 설명했다.

"자네가 비룡공자를 직접 만나서 다시는 비룡은월문과 정현왕, 그리고 삼백 리 평화지대를 건드리지 않겠다고 맹세를 해주는 걸세."

"아……."

화운룡의 표정이 진지해졌다.

"약속이 아니라 맹세일세. 그리고 그 맹세를 깨면 어떤 희생이라도 치르겠다는 약속을 하게."

"그러면 되겠습니까?"

화운룡은 고개를 끄떡였다.

"등천일협의 수급을 갖고 가서 보여주면서 설명하면 더 효과적일 걸세."

"아… 그렇군요."

비룡은월문을 공격한 것이 죄다 등천일협이 꾸민 일이라고 설명하라는 것이다.

"그러면 충분할 것 같네."

"그가 소제를 죽이지 않을까요?"

화운룡은 점잖게 고개를 가로저었다.

"그는 정인군자라서 제 발로 찾아온 사람을 죽이지 않는다고 들었네."

화운룡은 자화자찬을 하면서도 조금도 얼굴이 뜨겁지 않았다. 왜냐하면 그는 자신이 정인군자라고 생각하기 때문이다.

화운룡은 아월을 데리고 서절신군의 거처인 등룡전 삼 층으로 돌아왔다.

비룡공자를 직접 만나서 해결하라고 한 주헌결에게는 비찰림 제칠로주 와둔이 그가 있는 곳을 알아낼 때까지 기다리고 있으라고 했다.

하지만 화운룡으로서는 와둔이 동창고수들이 은신해 있는 천보장을 알아낼 때까지 기다릴 필요는 없다.

그러니까 이곳에서 잠시 동안 휴식을 취하고 있다가 주헌결에게 비룡공자하고 연락이 닿았다면서 언제 어디로 가라고 전해주기만 하면 될 것이다.

실내에는 서절신군 모습의 화운룡이 탁자 앞 의자에 앉아있고 아월은 약간 떨어진 곳에 다소곳이 서 있다.

아니, 두 겹의 옷 속에 명림이 꽁꽁 싸매진 채 감춰져 있으니까 실내에 세 사람이 있는 셈이다.

화운룡은 명림을 드러내기 전에 아월에게 확인할 것이 있다.

"월아, 가까이 와라."

그의 말에 아월은 망설임 없이 그의 앞으로 다가와서 멈추고는 두려우면서도 호기심 어린 표정으로 그를 바라보았다.

화운룡은 에두르지 않고 직접 말했다.

"너는 나를 누구라고 생각하느냐?"

아월은 눈을 깜빡거리면서 그를 바라보다가 역시 두렵고도 호기심 어린 얼굴로 대답했다.

"비룡공자예요."

화운룡은 '어?' 하는 표정을 지었다. 나를 서절신군이라고 생각하느냐 아니냐를 물었는데 아월은 전혀 뜻밖의 대답을 맹랑하게 해서 화운룡의 허를 찔렀다.

"어째서 그렇게 생각하느냐?"

아월은 수줍은 얼굴로 대답했다.

"정말 잘생기셨어요."

"나를 언제 봤느냐?"

이 물음으로 화운룡은 자신이 비룡공자라는 사실을 시인한 것이 됐다.

"아까 사부님으로 변하기 전에요."

"사부가 아닌 줄 알면서 왜 나를 도왔느냐? 나는 사부를 죽인 원수가 아니냐?"

이 물음에 아월은 두려운 표정을 지으며 실제 몸을 부르르 떨기까지 했다.

"당신은 사부님과 존서사왕을 단숨에 죽였을 정도로 어마어마하게 고강해요. 당신의 시선이 미치는 곳에서 제가 허튼짓을 했다가는 그 즉시 죽고 말았을 거예요. 그리고 제 실력으로 복수를 한답시고 당신에게 덤비는 것은 달걀로 바위를치는 꼴이라서 어림 반 푼어치도 마음에 두고 있지 않아요.이것은 사실이니까 믿어주셔야 해요."

아월의 말은 타당했다.

"저는 그렇게 허무하게 죽고 싶지 않아요. 한 번밖에 없는인생을 제대로 살고 싶어요."

그녀의 말은 매우 설득력이 있었다. 또한 이해타산이 분명한 사람만이 할 수 있는 말이다.

第四章
처숙부 광덕왕

　"제 소견으로는 당신은 광덕왕을 죽이려고 이곳에 오신 것
같아요."

　아월로서는 화운룡을 비룡공자라 생각하고 있었으며 조금
전까지 광덕왕 주헌결과의 대화라든지 등천일협을 죽인 것 등
을 비추어봤을 때 그의 목적이 무엇이라는 것을 유추할 수 있
을 터이다.

　그러니까 비룡공자는 광덕왕 때문에 이곳에 잠입했으며 그
를 찾으러 다니는 과정에 본의 아니게 서절신군과 존서사왕을
죽이게 된 것이다, 라는 게 아월의 추측이다.

또한 아월은 화운룡이 광덕왕을 죽이러 왔으면서도 끝내 그를 죽이지 않고 진짜 원흉인 등천일협을 죽였으며, 광덕왕에게 비룡공자를 만날 수 있도록 주선해 주기까지 한 것을 보고는 그가 될 수 있으면 사람을 죽이지 않으려 한다는 사실을 짐작하게 되었다.

그러니까 자신도 성심껏 그를 도우면 죽이지 않을지 모른다고 생각한 것이다.

아월은 귀여운 강아지나 새끼 고양이가 가련한 표정을 짓듯이 화운룡을 바라보며 말했다.

"저를 죽이지 않으실 거죠?"

화운룡은 아월을 믿는다. 그래서 그녀의 생사가 아니라 그녀를 받아들일 수 있는지 없는지를 알아보기로 했다.

"너는 가족이 없느냐?"

"저는 고아예요. 사부님 말씀에 의하면 핏덩이인 제가 라싸(拉薩: 토번의 도성)의 거리에 버려져 있는 것을 데려다가 키웠다고 했어요."

아월은 갑자기 무릎을 꿇었다.

"저는 갈 곳이 없는 신세가 됐어요. 여태까지는 사부님께서 저를 보살피셨지만 이제부터는 당신이 저를 보살펴 주셔야 해요. 그게 아니라면 저를 죽이셔야 할 거예요."

'불쌍해라……'

명림의 생각이 화운룡에게 전해졌다.

명림은 화운룡이 아직 아월이라는 여자의 성품을 파악하지 못하고 갈등하는 생각을 읽었다.

'불심(佛心)이 있는지 물어봐요.'

토번국 사람들은 태어나는 순간부터 하나같이 토번불교에 귀의하기 때문에 아월도 그럴 것이라고 생각했다.

"부처님을 믿느냐?"

아월은 고개를 들고 초롱초롱한 눈으로 대답했다.

"저는 토번 겔룩파(黃帽派: 황모파)의 직계제자로서 본산(本山)인 포달랍궁(布達拉宮)에서 오 년 동안 수행했어요."

망설이는 화운룡 대신 명림이 결정을 내려주었다.

'됐어요. 받아들이세요.'

토번국 겔룩파라면 화운룡도 잘 알고 있다. 인도불교를 직접 받아들였기에 중원불교보다 더 정통 불교라고 자부한다.

포달랍궁은 겔룩파의 본산인데 그곳에서 오 년 동안 직계제자로 수행했다면 성품은 순수와 지고함 그 자체라고 할 수 있을 것이다.

아월은 고개를 숙인 채 아무 말도 하지 않고 화운룡의 하회를 기다리고 있다.

무릎을 꿇은 채 고개를 잔뜩 조아린 채 옹송그리고 있는 그녀의 모습은 너무도 작고 가련해 보여서 화운룡의 마음을 크게 움직였다.

이윽고 화운룡은 고개를 끄떡였다.

"알았다. 너를 거두겠다."

아월이 천천히 고개를 드는데 뜻밖에도 두 눈에서 소나기처럼 눈물을 쏟고 있다.

"고마워요, 주인님⋯⋯."

화운룡은 고개를 저었다.

"나는 너의 주인이 아니다."

아월은 펑펑 울면서도 의아한 표정을 지었다.

"저를 거두시는 것이 아닌가요?"

"너를 거두지만 종이 아니다."

아월은 얼굴 가득 의아한 표정을 떠올렸다.

"그렇다면 저는 당신의 무엇인가요?"

화운룡은 미간을 좁혔다. 그의 생각으로도 누군가를 내 사람으로 거둔다면 정확한 구분이 있어야만 할 것 같았다.

내 사람이라는 것은 친구나 수하, 가족, 그리고 종이 있는데 아월은 친구가 아니며 가족도 아니다. 그렇다고 수하로 거둘 수도 없는 상황이다.

그렇다면 결국 남는 것은 종뿐이다. 그렇게라도 거두지 않으면 그녀를 내치는 수밖에 없다. 내쳐질 바에는 차라리 죽여달라고 하는 그녀다.

'종으로 거두세요. 불심이 깊으니까 당신에게 여러모로 도움이 될 거예요.'

이번에도 명림이 대신 결정을 내려주었다.

"오냐. 너를 종으로 거두겠다."

아월은 화운룡이 그렇게 말할 줄 알았다는 듯 기대 어린 표정으로 말했다.

"주인님의 몸종이죠?"

아월이 여러 사람의 종일 수는 없다.

화운룡은 빙그레 미소 지었다.

"너는 아까 네 사부에게 비룡공자를 만나면 굴복시켜서 네 종으로 삼겠다고 말하지 않았느냐?"

아월은 얼굴을 붉혔다.

"그랬었지만 그건 불가능한 일이라는 것을 깨달았어요. 제가 보기에 저는 주인님의 반초도 막아내지 못하고 처참하게 죽고 말 거예요."

그녀는 맹랑하지만 발칙하지는 않았다.

"주인님을 종으로 거두지는 못했지만 주인님의 종이 됐으니까 성공한 셈이에요."

"뭐가 성공이냐?"

아월은 수줍게 미소 지었다.

"어쨌든 천하제일미남인 비룡공자의 몸종이 됐잖아요."

아월의 미소는 해맑았다.

"이제부터 비룡공자와 그림자처럼 지낼 수 있다니 상상만
해도 꿈만 같아요……!"

＊   ＊   ＊

북경에서 가장 크고 화려하며 술과 요리가 비싼 주루를 꼽
으라면 단연 만경루다.

그리고 만경루는 백호뇌가인 비웅신에서 운영하고 있다.

다음 날 저녁 만경루에 화운룡이 모습을 드러냈다.

화운룡과 장하문, 운설과 명림 네 사람은 만경루 삼 층의
특실로 안내되었다.

화운룡 일행을 안내한 사람은 백호뇌가의 가주 소진청과
부인 염교교다.

광덕왕 주헌결은 텅 빈 방에 혼자 덩그렇게 앉아 있다.

서절신군 말에 의하면 비룡공자 쪽과 연락이 닿았는데 서
절신군이 사람을 보내서 간곡하게 청원한 결과 그가 만나주
기는 하되 주헌결 혼자 오라고 했다는 것이다.

서절신군이나 호위고수조차 없이 주헌결 혼자 간다는 것은
목숨을 비룡공자에게 맡기는 것이나 다름이 없는 일이다.

그래서 주헌결은 겁이 나서 처음에 비룡공자를 만나러 가지 않으려고 했다.

그런데 서절신군이 비룡공자를 만나러 가지 않으면 광덕왕부에 앉아 있다가 그에게 죽음을 당할 것이라고 말했다. 주헌결이 생각해 봐도 그 말이 맞는 것 같았다.

이래 죽으나 저래 죽으나 마찬가지라면 비룡공자를 한 번 만나서 모험을 해보는 것이 더 나을 것이라는 생각이 들었다.

그래서 보통 사람들의 평복으로 갈아입고서 광덕왕부를 나서 이곳 만경루까지 혼자 왔으며, 오는 도중에 그를 알아본 사람은 아무도 없었다.

만경루에 와서 비룡공자를 만나러 왔다고 하니 지금 그가 앉아 있는 이 방으로 안내해 주었다.

만경루에 온 지 반시진이 지났지만 주헌결은 시간이 어떻게 가는지도 모를 정도로 긴장하고 있다.

"비룡공자께서 오셨습니다."

'허엇!'

그런데 문 밖에서 갑자기 누군가의 목소리가 들리자 주헌결은 화들짝 놀라서 하마터면 소리를 지를 뻔했다.

주헌결은 어느새 일어나 있었고 심장이 쿵쿵! 소리를 내면서 거칠게 뛰었다.

평소에는 황족이며 왕으로서 대단한 자부심을 지니고 있던 주헌결이지만 지금은 그저 한 사람의 필부(匹夫)가 되어 알몸으로 판관(判官) 앞에 내던져진 것 같은 기분이다.

척!

주헌결은 열리고 있는 문을 뚫어지게 주시했다.

그리고 안으로 들어서는 한 명의 청년을 보는 순간 자신도 모르게 눈이 커지고 입이 벌어졌다.

'아아…….'

주헌결은 마치 찬란한 태양이나 거대한 산이 걸어 들어오는 착각을 느꼈다.

청년은 평범한 황의 경장을 입었지만 주헌결의 눈에는 청년이 절대로 평범하게 보이지 않았다.

하지만 그가 어느 누구도 비교할 수 없을 정도로 준수하다는 사실이 주헌결을 이토록 위축시킨 것은 아니다.

청년에게서는 주헌결이 한 번도 대한 적이 없는 엄청난 기도가 뿜어지고 있었다.

주헌결은 머리가 혼란스러운 중에 예전에 이런 기도를 뿜어내는 사람을 본 적이 있는 것을 기억해 냈다.

'맙소사…….'

그 사람이 바로 천여황이라는 사실을 기억해 낸 주헌결은 아연실색하고 말았다.

엄밀하게 논한다면 눈앞의 청년과 천여황의 기도는 여러 면에서 차이가 있다.

하지만 같은 것이 하나 있는데 상대를 초라하게 만드는 굉장한 위압감이라는 사실이다.

넋이 빠져 있는 주헌결에게 황의 청년이 정중하게 포권을 하며 가볍게 고개를 숙였다.

"처음 뵙겠습니다. 화운룡입니다."

"아……."

주헌결은 자신을 죽이려고 하는 화운룡이 이처럼 정중하게 나올 것이라고 예상하지 못했기에 적잖이 당황해서 자신도 마주 인사를 해야 한다는 사실을 망각했다.

화운룡은 주헌결에게 의자를 가리켰다.

"앉으십시오."

그는 주헌결이 장인어른의 친동생이며 옥봉의 삼촌이기에 예의로써 대하려는 것이다.

화운룡은 서절신군으로 변신했을 때 주헌결과 꽤 오랜 시간 대화를 하면서 그의 성격을 두루 파악했었기에 마음이 한결 편했다.

주헌결은 그제야 자신도 인사를 해야 한다고 깨달았다.

"나는 주헌결이오."

화운룡은 담담하게 고개를 끄떡였다.

"알고 있습니다."

그는 뒤에 늘어서 있는 장하문과 운설, 명림, 소진청, 염교교를 한차례 둘러보고는 염교교에게 말했다.

"교교, 이들을 데리고 나가서 술을 대접하게."

운설이 무슨 말을 하려는데 염교교가 두 팔을 벌리고 모두를 문 쪽으로 몰았다.

"자! 자! 나갑시다."

화운룡이 봤을 때 주헌결은 몹시 긴장한 모습이다.

이런 일만 아니면 오히려 처삼촌과 일대일로 대면한 화운룡이 긴장해야 할 상황인데 반대가 되었다.

어쨌든 화운룡으로서는 주헌결에게 다짐을 받아야 할 일이 있으므로 먼저 말문을 열었다.

"무슨 일로 저를 보자고 하셨습니까?"

주헌결은 몹시 복잡한 표정으로 한동안 이것저것 생각하더니 차라리 단도직입적으로 말하는 것이 낫겠다 싶었다.

"그대는 나를 죽이러 북경에 온 것이오?"

"그렇습니다."

화운룡이 선선히 인정하자 주헌결의 얼굴이 단단하게 굳어지고 몸 역시 경직되는 것이 눈에 보였다.

자신을 죽이러 왔다는 말에 주헌결은 오늘 비룡공자를 만나러 온 것이 후회가 되기도 했지만 어차피 벌어진 일이라서 마음을 단단히 먹었다.

"내가 비룡은월문을 공격하고 또 정현왕을 죽이려고 했기 때문이오?"

"그렇습니다."

주헌결이 봤을 때 화운룡은 꼭 필요한 말만 하는 것 같았다.

어쨌든 상관이 없다. 어차피 칼자루를 쥔 쪽은 화운룡이고 주헌결은 목숨을 구걸하고 또 자식들을 돌려받기를 원하기 때문에 신분이고 체면이고 다 내던지고 한없이 저자세로 읍소(泣訴)할 준비가 되어 있다.

지금 주헌결은 철저한 약자고 혼자다. 천여황도 서절신군도 그를 돕지 못하기에 그 혼자서 이 어마어마한 일을 해결해야만 한다.

주헌결은 탁자 옆에 놓아둔 상자를 들어 화운룡과 자신의 사이에 놓았다.

"이걸 한 번 보겠소?"

슥…….

주헌결이 경직된 얼굴과 동작으로 상자의 뚜껑을 열었다.

상자 안에는 횟가루를 뿌려서 부패를 방지한 등천일협의 수급이 들어 있었다.

주헌결이 쳐다보자 화운룡은 눈 하나 까딱하지 않고 조용한 목소리로 물었다.

"누굽니까?"

주헌결은 등천일협을 죽인 장본인이 바로 앞에 앉아 있을 줄은 꿈에도 상상하지 못했다.

주헌결의 목소리가 작아지고 설명조로 바뀌었다.

"내 군사인 등천일협이라는 자요. 그동안 비룡은월문을 공격하고 정현왕을 죽이려고 했던 것은 다 이자가 한 일이오. 이자를 알고 있소?"

화운룡은 고개를 끄떡였다.

"별호는 들어본 적이 있습니다."

대화를 나누면서 주헌결은 화운룡이 자신에게 매우 깍듯한 데다 예의까지 갖추고 있음을 알게 되었다.

주헌결은 그러지 않으려고 했는데 목소리가 하소연하는 것처럼 흘러나왔다.

"그동안 통천방이나 은오루, 그리고 황궁고수들과 동창고수들을 동원해서 비룡은월문을 공격했던 것은 전부 이자가 꾸민 일이었소."

"삼만 군사도 있습니다."

"그들은 회군(回軍)시켰소."

태주현으로 향하던 삼만 군사를 태운 수십 척의 군선(軍船)들이 뱃머리를 돌려 북쪽으로 향하고 있다는 보고를 이미 받은 화운룡이다.

"그래서 전하께선 그 일에 대해서 전혀 무관하고 잘못이 없으시다는 것입니까?"

화운룡이 정곡을 찌르자 주헌결은 당황했다.

"아니… 그게 아니라……."

그래도 그는 명색이 황족이고 왕이라서 태어날 때부터 몸에 밴 위엄과 체통이 있다.

"내게도 잘못이 있소."

그는 허리와 어깨를 펴고 똑바로 화운룡을 직시했다.

"등천일협이라는 자가 반드시 정현왕을 죽여야 한다고 강변하여 비룡은월문을 괴멸시키자고 무수히 졸랐지만 결국 잘못은 그것을 허락한 내게 있소."

그는 꼿꼿한 자세에서 정중히 고개를 숙였다.

"잘못했소. 용서하시오."

바로 이런 모습이 화운룡이 바라던 것이다. 비겁하게 등천일협 뒤에 숨으려고만 하는 광덕왕 주헌결이 아니라 자신의 잘못을 인정하고 용서를 바라는 사나이다운 모습 말이다.

그는 고개를 숙인 채 조용한 목소리로 말했다.

"나를 죽이든지 살리든지 그대 손에 달렸소."

화운룡은 그의 태도와 목소리에서 진심을 봤다.

"고개를 드십시오."

주헌결이 긴장한 표정으로 고개를 들고 쳐다보자 화운룡이 진지한 어조로 물었다.

"또다시 본 문을 괴롭히겠습니까?"

주헌결은 강하게 고개를 가로저었다.

"이후로는 절대 그런 일이 없을 것이오!"

화운룡은 고개를 끄떡였다.

"그렇다면 저도 이대로 돌아가겠습니다."

주헌결은 반신반의하는 표정을 지었다.

"나를 용서하는 것이오?"

"그렇습니다."

주헌결은 크게 한시름 던 얼굴로 말했다.

"고맙소."

그는 서절신군의 말에 따르기를 잘했다는 생각이 들었다.

또한 자신이 저지른 죄가 그토록 큰데 이처럼 쉽게 해결된 이유가 비룡공자의 자비로운 마음과 큰 배포에 있다는 생각이 들었다.

그러나 주헌결에게는 해결해야 할 일이 한 가지 더 있다. 비룡은월문에 잡혀 있다는 자식들이다.

자식들에 대해서 얘기하려니까 그는 자신이 화운룡에게 정말 염치가 없다는 생각이 들었다.

*　　　*　　　*

주헌결은 무척 어렵게 말을 꺼냈다.

"부탁이 있소."

"말씀하십시오."

화운룡은 그가 무슨 부탁을 하려는지 훤하게 알고 있지만 잠자코 있었다.

"내 자식들이 비룡은월문에 있소."

"알고 있습니다."

"그 아이들을 놓아주시오."

"형검은 성격이 난폭한 데다 편협하고 거만하며 고집이 세지 않습니까?"

자식들을 놓아달라는데 화운룡이 뜬금없이 아들 주형검의 성격을 얘기하자 주헌결은 의아한 표정을 지었다.

그러나 곧 씁쓸한 표정으로 고개를 끄떡였다.

"그 아이 성격을 제대로 봤소."

"그런 성격이라면 장차 대통을 이어받아 황위에 오르더라도 폭군이 될 것입니다."

"……."

주헌결은 움찔했다. 주형검이 황위에 오르려면 주헌결 자신이 황제가 되는 일이 선행돼야만 한다.

그렇다면 주헌결이 황제가 된다는 사실을 화운룡이 알고 있다는 얘기다.

"얼마나 알고 있소?"

"황상을 시해하셨지요?"

"……"

"머지않아서 황위에 오르실 거고요."

"……"

주헌결은 심장에 창이 깊숙이 꽂힌 것 같아서 아무 말도 하지 못했다.

화운룡은 담담하게 말을 이었다.

"천여황과 손을 잡고 대명제국의 황제가 되려고 한다는 걸 알고 있습니다."

주헌결이 크게 놀라는 표정을 보면서 화운룡은 손을 저었다.

"그렇지만 저하고는 아무 상관이 없는 일입니다. 천외신계와 전하께서 저와 비룡은월문을 비롯한 평화지대를 건드리지만 않는다면 말이죠."

"음."

주헌결은 놀라움과 당혹감을 짧은 신음 소리로 대신했다.

화운룡은 개의치 않고 조금 전에 하던 말을 계속했다.

"형검을 인간으로 만들어서 보내 드리겠습니다."

"인간으로?"

주헌결이 조만간 황제가 될 거라는 사실을 알면서도 거침없으며 무례하기 짝이 없는 말이다.

화운룡의 말대로라면 현재의 주형검은 인간이 아닌 짐승 같은 존재라는 뜻이다.

"지금 저대로 나이를 먹어 황제가 된다고 상상해 보십시오. 백성들이 죽어날 겁니다. 그게 아니면 반란이 일어나거나 신하의 손에 암살당할 것입니다."

그건 주헌결이 생각해도 반론의 여지가 없다. 주형검이 자신의 아들이지만 나중에 황제가 되면 역사에 다시없을 폭군이 될 터이다.

주헌결은 자신이 황제가 되는 것 이상으로 아들에 대해서 걱정을 하고 있었는데 화운룡이 그것을 지적한 것이다.

"백성들을 위해서라도 형검을 인간으로 만들어야 합니다. 그때까지 기다리십시오."

"끙……."

도무지 반박할 말이 떠오르지 않은 주헌결의 입에서 신음 소리가 저절로 나왔다.

"그런 것을 원하지 않으신다면 지금 당장 형검을 보내 드리겠습니다."

화운룡의 입에서 주헌결이 원하던 대답이 나왔다. 하지만 어쩐 일인지 주헌결은 그러라고 말하지 못했다.

화운룡이 말한 것처럼 현재의 주형검은 인간이 아닌 짐승이나 다름이 없는 난폭하고 편협한 성정을 지니고 있다.

그렇기 때문에 그가 장차 황제가 된다면 나라 꼴이 어찌될 것인지 명약관화한 일이다.

그래서 주헌결은 주형검을 지금 당장 돌려보내라는 말을 하지 못했다.

"저에게 맡기시겠습니까?"

화운룡의 말에 주헌결은 그를 바라보았다.

화운룡은 아들 주형검보다 서너 살 어려 보이는데도 오륙십 살은 더 먹은 것처럼 말하는 것이나 행동거지 모두 믿음직스럽다.

아니, 그뿐만이 아니라 모든 면에서 주형검은 화운룡의 발뒤꿈치에도 미치지 못했다.

이윽고 주헌결은 무겁게 고개를 끄떡였다.

"맡기겠소."

어제까지만 해도 주헌결에게 비룡공자는 적이었는데 지금은 친아들을 맡길 정도로 신뢰하게 되었다.

"딸아이는 돌려주겠소?"

그런데 이번에는 화운룡이 난색을 표했다.

"그게 좀 곤란합니다."

주헌결은 가슴이 철렁했다.

"자봉에게 무슨 일이 있소?"

"그녀는 옥봉과 헤어지는 것을 원하지 않습니다."

자봉은 돌려보내려고 해도 본인이 가지 않는다는 것이다.

주헌결은 빙그레 미소를 지었다.

"자봉과 옥봉은 어려서부터 몹시 친했소."

화운룡은 이제 자신이 옥봉과 혼인한 사실을 밝혀야 할 때라고 생각했다.

그는 자세를 단정하게 하고 말했다.

"사실 저는 옥봉의 남편입니다."

"……."

"그러므로 정현왕 전하는 저의 장인어른이십니다."

"그대가……."

주헌결은 너무 놀라서 말을 잇지 못했다.

그는 놀란 얼굴로 눈을 껌뻑거리다가 어느 순간 나직한 탄성을 터뜨렸다.

"아……."

그는 비로소 몇 가지 중요한 사실들을 한꺼번에 깨달았다.

화운룡이 정현왕 일족을 보호하기 위해서 물불을 가리지 않았던 이유는 처가를 지키기 위해서였다.

그리고 그가 처음 만나는 주헌결에게 지나칠 정도로 깍듯했던 이유는 미우나 고우나 주헌결이 처숙부이기 때문이었다.

또한 주헌결이 잘못을 인정하고 용서를 빌며 다시는 비룡
은월문을 괴롭히지 않겠다고 다짐을 하자 그에 대한 모든 원
한을 일시에 푼 것 역시 같은 이유에서였다.

만약 상대가 다른 사람이었다면 이처럼 쉽게 용서하지 않
았을 것이다.

그뿐 아니라 인간 말종인 주형검을 반듯한 인간으로 만들
어놓겠다고 했던 것도 그가 남이 아니기 때문이었다.

피 한 방울 섞이지 않은 처숙부를 위해서 화운룡은 정말
많은 양보를 해준 것이다.

그런데도 주헌결은 피를 나눈 친형인 황제를 죽였고, 주천
곤을 죽여야 한다는 등천일협의 주장에 그러라고 허락을 했
으며, 그것 때문에 조카사위에게 잘못을 인정하고 용서해 달
라고 빌기까지 했다.

그는 자신에 비해서 화운룡이 넘볼 수 없을 정도로 큰 그
릇이라는 사실을 인정할 수밖에 없었다.

화운룡이 일어나서 두 손을 모으고 공손히 허리를 굽혔다.

"화운룡이 숙장(叔丈: 처숙부)을 뵈옵니다."

주헌결은 착잡한 표정을 지었다.

"나는 자네 인사를 받을 자격이 없네."

북경의 밤길을 화운룡과 주헌결이 나란히 걷고 있다.

주헌결이 만경루까지 혼자 걸어서 왔기 때문에 화운룡이 그를 광덕왕부까지 바래다주고 있는 것이다.

두 사람은 이런저런 얘기를 나누며 행인들하고 섞여서 걸었지만 아무도 두 사람을 눈여겨보지 않았다.

대낮이라면 절세미남인 화운룡이 진면목으로 버젓이 거리를 활보할 수 없었을 것이다.

지금 두 사람이 나누고 있는 대화의 내용은 주로 가족에 대한 것이다.

천외신계나 천여황, 그리고 천마혈계에 대한 얘기는 일체 하지 않았다.

"성군이 되십시오."

화운룡은 진심으로 부탁했다.

천여황이 온 천하를 정복한 후에 주헌결을 대명제국의 제후로 봉한다고 해도 대명제국을 통치할 사람은 주헌결이기에 그런 부탁을 하는 것이다.

아까 화운룡은 정현왕에 대해서는 조금도 걱정하지 말라는 말을 했었다.

화운룡 자신과 정현왕을 비롯한 일족은 타인의 간섭 없이 평화롭게 살기를 원하기 때문에 예전에도 그랬듯이 앞으로도 황위 문제로 주헌결을 괴롭힐 일은 절대로 없을 것이라는 다짐을 해주었다.

주헌결은 걸으면서 화운룡을 쳐다보았다.

"자네는 정말 탐나는 인재일세. 자네 같은 사람이 내 곁에 있어준다면 천군만마를 얻은 것보다 나을 게야."

"과찬이십니다."

그때 운설의 전음이 전해졌다.

[여보, 수상한 자들이 미행하고 있어요.]

운설과 명림이 몇 걸음 뒤에서 화운룡을 호위하고 있다.

수상한 자들이 접근한다는 사실을 알려주면서도 운설은 '여보'라고 부르면서 사리사욕을 채웠다.

화운룡은 주헌결과 대화를 하느라 주위 경계에 소홀했다.

화운룡은 주헌결이 뭐라고 말하는 것을 건성으로 들으면서 청력을 돋우었다.

그러자 행인들하고 뚜렷하게 구별되는 기척을 내는 자들이 좌우와 뒤쪽 삼사 장 거리에서 같은 방향으로 걸어가고 있는 것을 감지했다.

[겉모습은 무림인인데 천외신계 같아요.]

이번에는 명림의 전음이다.

무림인 복장을 하고 있지만 천외신계 고수는 중원의 무림인 하고는 다른 기도를 풍긴다.

천외신계 고수들이 화운룡과 주헌결을 따르고 있다면 광덕왕부를 나서는 주헌결을 미행했던 모양이다.

주헌결은 측근들에게도 어딜 간다는 말을 하지 않고서 평복으로 변장을 한 채 나왔다고 했으므로 이들은 화운룡이 비룡공자인지 모를 것이다.

[어떻게 할까요?]

[먼저 도발하지 말고 가만히 있어라.]

[알았어요.]

어쩌면 이들은 암중에서 주헌결을 호위하고 있는 것인지도 모르기 때문에 먼저 싸움을 걸 이유가 없다.

화운룡은 광덕왕부에 들어왔다 가라는 주헌결의 권유를 뿌리치고 발길을 돌렸다.

오늘은 천보장에서 쉬고 내일 아침 일찍 태주현을 향해 길을 떠날 생각이다. 뭐니 뭐니 해도 옥봉이 보고 싶어서 견딜 수가 없다.

그는 대로를 휘적휘적 혼자 걸었고 운설과 명림은 멀찌감치 그를 뒤따랐다.

[여보, 그놈들이 여전히 따라오고 있어요.]

운설이 '여보'라는 호칭을 한껏 달콤하게 불렀다.

'그놈들'이라는 것은 아까부터 주위를 맴돌던 천외신계 고수들이다.

주헌걸이 광덕왕부로 들어갔는데도 따라오고 있다면 화운룡에게 볼일이 있다는 뜻이다.

[제압할까요?]

[놔둬라.]

그들이 화운룡을 죽이려는 것도 아니고 그저 따라오고 있을 뿐인데 먼저 도발하는 것은 좋지 않은 생각이다.

이곳은 화운룡의 안방인 태주현이 아니라 북경이다. 여기까지 온 목적도 이루었으니까 그냥 조용히 하룻밤 지내다가 돌아가면 그만이다.

그런데 천외신계의 독특한 기도를 풍기는 자 한 명이 뒤쪽에서 화운룡에게 빠르게 접근하고 있다.

[여보, 한 놈이 당신에게 다가가고 있어요.]

[괜찮다.]

화운룡은 접근하고 있는 자가 팔십 년 정도의 공력을 지닌 특급 일류고수 수준이라는 사실을 이미 간파했다.

겨우 그 정도 수준으로는 화운룡의 옷자락조차 건드리지 못할 것이다.

그러나 가까이 다가온 자는 화운룡에게 무슨 짓을 하지는 않고 뒤에서 딱딱한 어조로 조용히 말했다.

"잠시 같이 갑시다."

화운룡이 쳐다보자 홍의 경장 차림에 어깨에 검을 멘 삼십

대 중반의 사내가 그와 나란히 걸으면서 말했다.

"고분고분하게 굴면 다치는 일은 없을 것이오."

그렇게 말하는 것을 보면 홍의 경장인은 화운룡이 누군지 모르고 있는 것이 분명하다.

화운룡이 누군지 알면서도 그런 식으로 말하는 자는 미친 놈밖에 없을 터이다.

화운룡은 선선히 고개를 끄떡였다.

"그럽시다."

홍의 경장인은 그곳에서 멀지 않은 아담한 호수로 화운룡을 데리고 갔다.

호숫가에는 한 사람이 서서 그를 기다리고 있었다. 사십 대 중반의 나이에 홍의단삼을 입고 있는데 호수를 응시하고 있다가 화운룡이 다가오자 비로소 이쪽을 쳐다보았다.

화운룡은 자신을 여기까지 데리고 온 인물과 기다리고 있는 인물이 둘 다 똑같은 홍의를 입고 있는 것을 보고 어쩌면 이들이 천외신계 색성칠위의 이 등급인 홍성족(紅性族)일 것 같다고 추측했다.

또한 이들이 홍성족이 맞는다면 홍성족의 정예인 홍투정수(紅鬪精手)이며 서초후가 이끄는 토번 즉, 서천국일 것이다.

홍의단삼인은 호두처럼 단단한 얼굴로 화운룡을 보면서 말문을 열었다.

"당신은 누구요?"

반말을 하고 싶은 것을 억지로 존대를 하는 듯한 말투다.

그의 첫 질문을 듣고 화운룡은 이들이 자신을 무엇 때문에
이곳으로 불렀는지 짐작할 수 있을 것 같았다.

이들은 광덕왕이 은밀하게 만난 사람이 누구며 무슨 대화
를 나누었는지 알아내려는 것이다.

화운룡은 거짓말하는 것을 싫어하지만 솔직하게 말했다가
는 이들을 죽여야만 한다.

불필요한 살인을 하지 않기 위해서라도 지금은 거짓말을
할 수밖에 없다.

화운룡은 문득 떠오르는 이름 하나를 댔다.

"반비술(班祕術)이오."

"뭐하는 사람이오?"

"실종된 사람을 찾아내거나 붙잡혀 있는 사람을 구해내는
것이 내 직업이오."

화운룡이 말한 반비술은 실제로 존재하는 인물이고 그가
하는 일도 맞다.

다만 다른 것이 있다면 실제 반비술은 화운룡처럼 잘생기
지 않았으며 나이가 훨씬 많다. 그러면 어떤가. 천외신계 놈이
반비술을 알 리가 없다.

"당신이 만경루에서 만난 사람이 누구라고 알고 있소?"

화운룡은 곧이곧대로 대답하는 것이 이상할 것 같아서 이쪽에서 그를 똑바로 쳐다보며 반문했다.

"그렇게 묻는 당신은 누구요?"

"우린 당신이 만난 분의 호위고수요."

화운룡은 눈을 좁히며 만만치 않은 표정을 지었다.

"흠… 어느 방면의 호위고수요?"

그가 꼬치꼬치 묻자 홍의단삼인은 화운룡을 한 번 무섭게 쏘아보고 나서 대답했다.

"동창이오."

새빨간 거짓말이다. 동창고수들의 기도는 이자들과 근본적으로 다를 뿐만 아니라 절도 있는 말투나 행동이라서 이자들은 흉내도 내지 못할 것이다. 더구나 이자에게서는 토번 사람 냄새가 너무 짙게 나고 있다.

그러나 화운룡은 속아주었다.

"흠, 원래 동창고수였군."

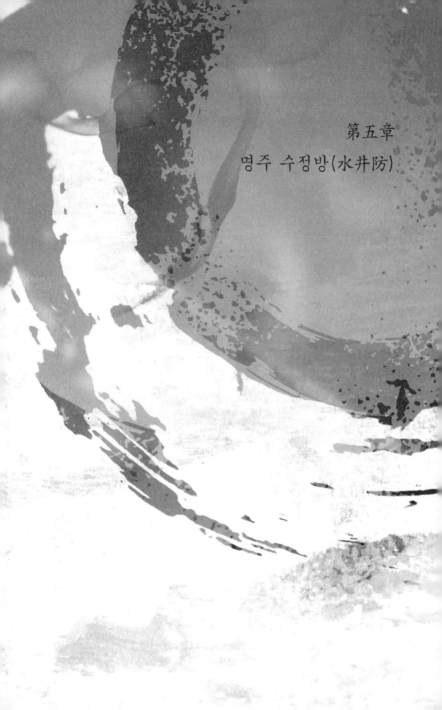

第五章

명주 수정방(水井防)

"이제 내 물음에 대답하시오. 당신이 만난 분이 누군 줄 알고 있소?"

"광덕왕 전하요."

"전하와 무슨 대화를 나누었소?"

화운룡은 심각한 표정을 지었다.

"그건 알 필요 없소."

홍의단삼인이 미간을 줍혔다.

"내가 손을 써야만 하겠소?"

화운룡은 천천히 두 걸음 물러나며 짐짓 호락호락하지 않다는 시늉을 했다.

"전하를 호위하는 동창고수가 전하의 비밀을 캐려고 하다니 뭔가 의심스럽군."

그런데 어느새 홍의단삼인이 재빨리 덮쳐오며 화운룡에게 오른손을 뻗었다.

피잉!

그는 검지와 중지로 두 줄기 지풍을 발출했지만 화운룡으로서는 눈 감고서도 피할 수 있다.

아니, 지풍이 몸에 닿기도 전에 홍의단삼인을 제압하는 것은 누워서 떡 먹기다.

그러나 그렇게 하는 대신 이혈폐맥(移穴閉脈) 수법으로 혈도의 위치를 옮기고 맥문을 닫아버렸다.

파팟…….

두 줄기 지풍이 화운룡의 마혈 부위에 적중되었지만 그는 마혈이 제압되지 않았다.

하지만 제압된 것처럼 뻣뻣하게 움직이지 않았다.

그리고 마혈에 제압될 경우에는 미약한 신음 소리를 낸다는 사실을 조금 늦게 깨달았다.

"음……."

그의 신음 소리를 듣고 홍의단삼인은 차갑게 미소 지었다.

"대답해라. 전하와 무슨 대화를 나누었느냐?"

문득 화운룡은 홍의단삼인에게서 살기를 감지했다. 이런 일에 미숙한 탓인지 그는 살기를 감추려고도 하지 않았다.

화운룡의 대답 여하에 상관없이 무조건 죽이겠다는 뜻이다. 처음부터 화운룡에게 몇 마디 묻고 나서 죽이려고 이곳으로 데려온 것이다.

화운룡은 홍의단삼인을 떠보았다.

"대답하면 살려줄 것이오?"

홍의단삼인은 비릿한 잔인함 역시 감추지 않았지만 표정과 대답이 달랐다.

"살려주겠다."

화운룡은 대답을 해도 죽일 것이라는 사실을 다시 한번 확인했다.

그렇다면 어쩔 수 없이 이자와 아까 화운룡을 데리고 온 자를 죽일 수밖에 없다.

그게 아니다. 청력을 돋우어보니까 호수 옆 송림 안에 은신해 있는 자가 십여 명이나 감지됐다.

홍의단삼인의 수하 즉, 홍투정수들일 것이다. 안됐지만 이렇게 된 이상 그들 모두를 죽여야만 한다.

화운룡이 손을 쓰면 운설과 명림이 그들을 죽일 것이다.

"전하께서 비룡은월문에 잡혀 있는 자식들을 구해달라고 청부했소."

화운룡의 대답에 홍의단삼인이 뜻밖이라는 표정이더니 곧 비릿하게 미소 지었다.

"네가 그들을 구할 수 있느냐?"

"나는 지금껏 실패한 적이 없소."

"그러나 너는 그들을 구하지 못할 것이다."

"어째서 그렇소?"

"내가 널 죽일 것이기 때문이다."

여기에서 화운룡은 주헌결에 대한 천외신계의 의도 자체를 의심하게 되었다.

물론 화운룡이 자신을 사람 찾아내고 구하는 전문가 반비술이라고 소개했으며, 주헌결이 비룡은월문에 잡혀 있는 주형검과 주자봉을 구해달라고 청부한 사실 자체가 거짓말이다.

그런데도 홍의단삼인은 자신에게 결정권이 있는 것처럼 단칼로 자르듯이 화운룡을 죽이겠다고 했다.

그것은 아무리 좋게 생각해도 주헌결의 자식들을 구하지 못하게 하려는 의도인 것이다.

그걸 보면 애당초 천외신계는 주형검이나 주자봉의 생사에 대해서는 관심이 없다는 뜻이다.

자신들이 팔 걷고 나서서 주형검과 주자봉을 구해줘도 부족할 판국에 주헌결이 직접 나서서 자식들을 구하겠다는데 훼방을 놓는 것을 보면, 천외신계는 주헌결을 쓰고 나서 버리는 소모품 정도로 여기는 것이 분명하다.

화운룡은 빙그레 미소 지으며 넌지시 물었다.

"너는 홍투정수냐?"

"……."

화운룡의 물음에 홍의단삼인은 어? 하는 표정을 짓더니 돌연 일장을 뻗어냈다.

위잉!

결단력이 몹시 빠른 자다. 화운룡을 죽여야 할지 말아야 할지 고민 같은 것도 하지 않았다.

어쩌면 처음부터 화운룡을 죽여야겠다고 작정했기에 고민을 하지 않는 것인지도 모른다.

화운룡은 불과 반 장 거리에 서 있기 때문에 적중시키지 못할 리가 없다. 최소한 홍의단삼인은 그렇게 생각했다.

백이십 년 공력이 실린 강맹한 일장이지만 발출하자마자 그대로 스러져 버렸다.

자신의 장심에서 뿜어진 일장이 갑자기 안개처럼 스러지고 화운룡이 멀쩡하게 서 있는 모습을 보고 홍의단삼인은 자신의 눈을 의심했다.

그때 화운룡이 뒷짐을 지면서 다시 물었다.

"너는 서천국 존서사왕 휘하 서천문의 홍투정수냐?"

"너어……."

마혈이 제압된 화운룡이 버젓이 뒷짐을 지자 홍의단삼인은 그를 손으로 가리키면서 놀라다가 화운룡의 무형지기에 마혈이 제압되어 뻣뻣해졌다.

"끄으윽……."

그뿐만이 아니라 갑자기 온몸이 옥죄어지면서 뼈와 살이 으깨어질 것 같은 고통이 엄습하자 그는 쥐어짜는 듯한 신음소리를 흘려냈다.

"마지막 기회다. 대답하지 않으면 온몸을 짓이기겠다."

"끄으으……."

말과 함께 몸이 더욱 조여지면서 홍의단삼인의 입과 코, 귀에서 피가 흘러나왔다.

"끄으으으… 그… 그렇다… 나… 나는… 홍투정령수(紅鬪精令手)다……."

대답하지 않았다면 그의 몸은 한 주먹 정도 크기로 오그라들었을 것이다.

화운룡은 홍의단삼인 홍투정령수의 온몸을 조이는 무형지기를 거두었다.

"홍투정령수가 홍투정수들을 지휘하는 것이냐?"

홍투정령수는 두려움과 분노의 표정으로 화운룡을 노려보았지만 그가 자신의 실력으로는 도저히 어떻게 할 수 없는 절정고수라는 사실을 인정했다. 더구나 마혈이 제압된 몸이라서 어떻게 해볼 재간이 없다.

"으음… 홍투정령수는 백 명의 홍투정수를 지휘하고 다섯 명의 홍투총령사(紅鬪總令師)가 각 열 명씩의 홍투정령수를 지휘하며… 그 위에 존서사왕이 계신다……."

존서사왕은 화운룡 손에 죽었다. 말하자면 서천문은 문주를 잃었지만 아직 그 사실을 모르고 있는 것 같았다.

"광덕왕이 자식들을 구하려는 것을 네 멋대로 차단해도 되는 것이냐?"

홍투정령수가 대답하지 않자 화운룡은 다시 무형지기로 그의 온몸을 죄었다.

"끄으으……."

"마… 말하겠다……."

"궁금하지 않다."

화운룡은 태연하게 말하고 그의 온몸을 더 죄었다. 죽음보다 더한 극한의 고통을 맛봐야지만 술술 실토할 것이라는 사실을 알기 때문이다.

"끄으으… 제… 제발… 죽여다오……."

얼마나 고통스러운지 홍투정령수는 죽여달라고 애원했다.

화운룡은 홍투정령수의 몸을 풀어주고 나서 물었다.

"왜 나를 죽이려고 했느냐? 광덕왕 허락 없이 나를 죽여도 되는 것이냐?"

지독한 고통을 두 번씩이나 맛본 홍투정령수는 또다시 고통을 당하기 전에 급히 대답했다.

"광덕왕에 대한 것은 홍투정령수 이상의 신분이면 재량껏 결정할 수 있다……."

"예를 들면 어떤 결정이냐?"

"광덕왕의 생사가 걸린 것 말고는 전부다."

화운룡은 어이없는 표정을 지었다. 죽고 사는 문제만 제외하고 주헌결에 대한 모든 사항을 홍투정령수 이상 신분이면 제 마음대로 처리하고 결정할 수 있다는 것은 주헌결이 철저하게 꼭두각시라는 뜻이다.

그렇다면 주천곤은 곧 황위에 오를 몸이면서도 제 뜻대로 할 수 있는 것이 아무것도 없다. 그가 무언가를 하려고 하면 감시자들이 하나에서 열까지 속속들이 알아내서 차단을 하니까 말이다.

천외신계는 아니, 천여황은 주헌결을 귀여워하고 신임하는 것이 아니라 어린아이 달래듯이 갖고 놀고 있다.

북경에 온 천여황이 광덕왕부에 오지 않은 것도 주헌결을 중하게 여기지 않기 때문이다.

이대로라면 천외신계는 주헌결이 황제가 되자마자 버릴 가능성이 매우 높다.

쓸모가 없어졌는데 주헌결을 계속 우대해 주면서 높은 지위까지 내어줄 천외신계가 아니다.

그것도 모르는 주헌결은 천여황 눈에 들기 위해서라면 무슨 일이라도 할 것처럼 굴고 있다. 한마디로 주헌결은 순진하고 어리숙한 것이다.

하지만 화운룡은 솔직히 주헌결의 일에 더 이상 개입하고 싶지가 않다. 주헌결을 처숙부로서 이해하고 봐주는 것은 여기까지가 한계다.

또한 화운룡이 주헌결의 일에 개입한다고 해도 쉽게 해결할 수 있는 일이 아니다.

화운룡은 결정을 내렸다.

[다 죽여라.]

그는 운설과 명림에게 짧게 전음을 보내고 홍투정령수를 향해 슬쩍 손을 떨쳤다.

그 일수(一手)에 홍투정령수는 아혈이 제압됐으며 동시에 온몸에 새파란 불이 붙었다.

화르륵!

극양지기가 온몸을 불태우는데도 마혈과 아혈이 제압된 상태인 홍투정령수는 새파란 불길 속에서 눈을 부릅뜨고 입을 크게 벌릴 뿐 움직이지도 비명을 지르지도 못했다. 팔을 화운룡에게 뻗은 채 살과 뼈가 타버렸다.

게다가 홍투정령수는 불과 세 번 호흡할 짧은 시간에 온몸이 다 타서 재가 돼버렸다. 재는 땅에 떨어지기도 전에 때마침 불어온 바람에 날리더니 호수로 뿌려졌다.

화운룡을 이곳까지 데리고 온 홍투정수가 멀리 떨어진 곳에 서 있다가 홍투정령수가 불타는 것을 보더니 곧장 이쪽으로 달려오며 어깨의 검을 뽑았다.

바로 그때 송림 안에서 답답한 신음 소리 십여 마디가 연이어 터져 나왔다.

"윽……."

"허윽……."

운설과 명림이 그곳에 은신해 있는 홍투정수들을 찾아내서 죽이고 있는 소리다.

화운룡을 향해 달려오던 홍투정수는 신음 소리를 듣고 멈칫해서 송림 쪽을 돌아보았지만 곧 다시 화운룡을 향해 저돌적으로 쏘아왔다.

자신의 직속상관인 홍투정령수조차도 불타서 죽어버리고 송림 속의 동료들이 죽었으며 자신도 죽으리라는 사실을 뻔히 알면서도 도망치지 않고 공격해 온다는 것은 죽음을 두려워하지 않는다는 얘기다.

그것은 대다수의 무림인들이 금전이나 이권에 따라서 방파나 문파에 몸을 담고 충성하는 것과는 다른 것이다.

소수의 무림인들이 정의와 협의를 위해서 목숨을 던지는

것처럼 이들은 자신들의 조국인 천신국을 위한 숭고한 충성심을 위해서 죽음을 불사하고 있다. 그렇기에 죽을 줄 알면서도 달려오고 있는 것이다.

그는 전력으로 달려오면서 품속에서 무언가를 꺼내더니 머리 위 허공으로 힘껏 던졌다.

파아아!

그것은 밝고 붉은 긴 불꽃을 뿜으면서 허공으로 곧장 빠르게 쏘아 올랐다.

화운룡은 그것이 동료들에게 위급을 알리는 신호탄이라고 직감하여 즉시 손을 뻗었다.

쉬이익!

그의 중지에서 새하얀 기류가 신호탄을 향해 일직선으로 뻗어 나갔다.

새하얀 기류는 극음지기인데 신호탄보다 대여섯 배 빠른 속도로 쏘아가서 적중시켰다.

팍!

극음지기에 적중된 신호탄은 순간적으로 얼었다가 부서져서 가루가 되어 흩어져 내렸다.

쏘아 올랐던 신호탄은 아주 잠깐 밝고 붉은 불꽃을 뿜었다가 사라졌다.

신호탄이 쏘아 오른 높이는 지상에서 십 장 정도라서 멀리에서는 보이지 않겠지만 수백 장 이내의 가까운 거리에서는 충분히 볼 수 있을 것이다.

화운룡은 적들이 몰려오기 전에 이곳을 빠져나가야겠다고 생각했다.

[설아, 림아. 각자 흩어져서 천보장으로 돌아가라.]

이곳을 빠져나가려면 세 사람이 같이 움직이는 것보다는 따로 행동하는 것이 수월하다.

화운룡은 삼 장까지 쏘아오고 있는 홍투정수를 향해 슬쩍 손을 흔들고는 한쪽 방향으로 행운유수처럼 쏘아갔다.

픽!

"끅······."

홍투정수는 무형지기에 사혈이 찍혀서 즉사했으나 몸뚱이는 계속 달리다가 호수 속으로 뛰어들었다.

퍼어억······.

그의 몸은 얼음덩어리로 변했다가 산산조각 나서 흩어졌으며 잠시 후에는 물이 되어 스러졌다.

화운룡은 호젓한 밤거리를 혼자서 걸어가고 있다.

북경 성내 북쪽의 십찰해(什刹海)라고 하는 호수를 왼쪽에 끼고 걷는데 이곳은 성내의 외곽이라서인지 왕래하는 행인의 모습이 거의 보이지 않는다.

규칙적으로 걷던 화운룡의 걸음이 문득 느려졌다.

그가 쳐다보자 거리 우측의 고래 등 같은 전각들이 처마를 맞대고 길게 늘어서 있는 지붕 위쪽에서 화운룡을 향해 빠른 속도로 쏘아오는 무리가 있으며 수십 명이었다.

그런데 그뿐만이 아니라 대로의 전방과 후미에서도 검은 인영들이 화운룡을 향해 거리를 좁혀오고 있으며 역시 수십 명이다.

화운룡의 시선이 이번에는 십찰해로 향했다. 십찰해는 북경 성내 북쪽에 있으며 북에서 동남쪽으로 길게 비스듬히 삼 리 정도 뻗어 있는 호수다.

폭이 오십여 장으로 꽤 넓지만 화운룡이 건너려고 한다면 도랑물이나 다를 바가 없다.

그런데 십찰해 건너편에도 한 무리의 검은 인영들이 호숫가에 길게 포진해 있다. 화운룡이 호수를 건너 도주하면 차단하겠다는 뜻이다.

이들은 조금 전 호숫가에서 홍투정수가 쏘아 올린 신호탄을 보고 달려온 홍투정수들인 것 같았다.

화운룡은 십찰해를 건너기로 마음먹었다. 이쪽의 무리는 대충 봐도 백오륙십 명에 달하는데 십찰해 건너에는 오십여 명 정도다.

상대를 해야 한다면 십찰해 건너의 오십여 명이 쉬울 터이다.

이백여 명을 다 죽이는 것은 원치 않는 바다.

될 수 있으면 한 명도 죽이지 않고 빠져나가려는 것이 화운룡의 뜻이다.

*   *   *

스읏—

화운룡은 걷던 걸음걸이 그대로 십찰해로 나아갔다.

마치 몇 개의 계단을 밟고 오르듯이 그는 십찰해 호수의 수면 위 반 장 높이로 비스듬히 떠올랐다. 허공답보(虛空踏步)라는 절정의 신법이다.

투우…….

호숫가는 누렇게 마른 풀들이 빽빽하게 밀생했으며 그중에 풀잎 하나가 꺾여서 날아와 화운룡 앞에 놓였다.

그가 발끝으로 풀잎을 살짝 밟자 빠른 속도로 호수 건너를 향해 쏘아나갔다.

경공의 절정수법인 초상비(草上飛)이지만 그에겐 어린아이 장난 같은 수법이다.

화운룡을 향해서 거리를 좁혀오던 세 방향의 검은 인영 백오십여 명은 십찰해 호숫가로 모여들었지만 어느 누구도 호수를 건너려고 시도하지 못했다.

화운룡은 이들이 멀리에서는 검은 인영으로 보이지만 사실 홍투정수라는 것을 처음부터 한눈에 알아보았다.

십찰해 건너편에는 오십여 명의 홍투정수들이 화운룡이 도달할 것으로 예상되는 호숫가에 겹겹이 진을 치고 있다.

십찰해를 중간쯤 건넌 지점에서 문득 화운룡이 거의 수직에 가깝게 비스듬히 허공으로 쏘아 올랐다.

스웃…….

십찰해 양쪽 이백여 명의 홍투정수들이 어떻게 할 줄 모르고 밤하늘을 쳐다보고 있을 때 화운룡은 아득한 반월 속으로 아스라이 사라져 갔다.

화운룡은 십찰해로부터 남쪽으로 일각 정도 천천히 걸어서 서안문(西安門) 옆 중해(中海) 가에 이르렀다.

십찰해와 맞닿은 남쪽에는 하화지(荷花池)가 있으며 그 아래쪽에 세 개의 호수가 일렬 차례로 맞닿아 있는데 이름이 각각 북해(北海)와 중해, 남해(南海)다.

바다 '해'를 썼다고 해서 바다처럼 거대한 호수가 아니라 자금성 서쪽에 울타리처럼 이어져 있는 인공호수다. 일종의 해자(垓字) 역할을 한다.

이 호수들의 동쪽, 즉 자금성 안쪽은 출입이 금지된 상태지만 서쪽 호숫가에는 수많은 주루와 기루들이 빼곡하게 처마를 맞댄 채 줄지어 이어져 있다.

여기까지 오는 동안 주헌결 때문에 줄곧 마음이 무거웠던 화운룡은 그중 아무 주루나 들어갔다.

답답함을 달래기 위해서는 술과 약간의 생각할 시간이 필요하기 때문이다.

술 마시기에는 최적인 술시를 조금 넘은 시각인 데다 이 일대는 북경 성내에서 유명한 주루들이 몰려 있어서 그가 들어간 주루에는 꽤 많은 사람들이 붐볐다.

더구나 화운룡이 원하는 호수를 굽어볼 수 있는 이 층 창가자리는 빈자리가 없었다.

"손님, 창가 자리를 원하십니까?"

이 층으로 올라선 화운룡에게 이 층을 담당하는 듯한 점소이가 쪼르르 다가와서 헤실헤실 웃었다.

화운룡은 창가 자리를 둘러보았다.

"그런데 자리가 없는 것 같군."

창가 자리가 아닌 안쪽은 몇 군데 빈자리가 있어서 화운룡이 그쪽으로 가려고 하자 점소이가 슬쩍 한쪽을 가리키며 돈을 바라는 표정을 지었다.

"저쪽에 합석 자리가 하나 있습니다만."

화운룡이 쳐다보니까 과연 최고로 좋은 명당 자리에 손님한 사람만 덩그러니 앉아 있었다.

잔돈 각전(角錢)이 없는 화운룡이 은자 한 냥을 내주자 점소이의 눈이 화등잔처럼 커졌다.

이곳 주루에서 점소이 한 달 녹봉이 구리돈 열다섯 냥인데 구리돈 오십 냥에 해당하는 은자 한 냥을 받았으니 이런 횡재는 일 년에 한 번 있을까 말까 하다.

점소이를 따라서 명당 자리로 가까이 다가온 화운룡은 그제야 그곳에 혼자 앉아 있는 사람이 여자라는 사실을 깨닫고 손을 저었다.

"합석 손님이 여자분인 줄 몰랐네. 다른 곳에 앉겠네."

은자 한 냥을 토해내야 할 상황인 점소이는 펄쩍 뛰면서 두 손을 마구 저었다.

"아, 아닙니다요, 손님. 이분 손님께서도 허락하셨습니다요. 합석하셔도 됩니다요."

"괜찮네. 그 돈은 그냥 갖게."

화운룡이 다른 빈자리로 걸어가자 문득 뒤에서 상냥한 목소리가 그의 뒷덜미를 살짝 붙잡았다.

"앉으세요."

음색이 고우면서도 나긋나긋하고 사근사근한 몹시 감미로운 목소리다.

여자가 굳이 앉으라고 하는데 뿌리치고 다른 자리로 가는 것도 무엇해서 화운룡은 맞은편에 앉았다.

"그럼 실례하겠소."

그가 앉으면서 슬쩍 보니까 여자는 얇은 면사로 얼굴을 가리고 있으며 창밖을 응시하고 있었다.

잠깐 봤지만 웬만한 면사라고 해도 화운룡이 마음만 먹으면 꿰뚫어서 볼 수 있다. 그러나 굳이 그러고 싶지 않았다.

그는 더 이상 여자를 신경 쓰지 않고 점소이에게 간단한 요리와 술을 주문했다.

그런데 화운룡이 술을 주문하자 점소이가 깜짝 놀랐다.

"수정방(水井防)이라고 하셨습니까요?"

"없나?"

"있습니다만 너무 비싸서 말입니다. 저희 주루가 최고급이긴 합니다만 수정방을 찾는 사람은 거의 없습니다."

"가져오게."

"넵!"

점소이는 활기차게 대답하고는 화살처럼 달려갔다.

주문을 한 화운룡이 물끄러미 창밖 호수를 굽어보면서 생각에 잠기는데 맞은편에 앉은 여자가 그를 바라보았다.

옥을 깎아서 정성을 다해 다듬은 듯한 아름답고도 절제된 미남의 얼굴을 바라보는 여자의 면사 속 두 눈이 약간 이채를 발했다.

하지만 그녀는 곧 시선을 거두어 자신의 빈 잔에 술을 따르고 한 잔 마시더니 창밖을 내다보았다.

"나도 저 술로 주세요."

마시던 술병이 비자 여자가 화운룡이 마시고 있는 술병을 가리키며 점소이에게 주문했다.

점소이는 당황해서 고개를 숙였다.

"죄송합니다. 저게 마지막 술입니다."

화운룡이 두 병째 수정방을 주문했는데 그게 이 주루에 있는 마지막 수정방이라는 것이다.

여자가 방금 비운 술은 두 병째이며 그걸 다 마시면 수정방이라는 술을 시킬 것이라고 마음먹고 있었는데, 화운룡의 술 마시는 속도가 더 빨라서 마지막 수정방을 주문해 버린 것이었다.

여자는 아쉬운 표정을 지었지만 창밖을 바라보고 있는 화운룡은 그걸 보지 못했다.

또한 그는 여자의 말을 들었으나 생각에 방해를 받고 싶지 않아서 잠자코 있었다.

그는 처음에 주헌결에 대해서 이런저런 여러 생각에 사로잡혔지만 오래지 않아서 정리를 다 하고 지금은 혼자만의 호젓한 분위기를 즐기고 있는 중이다.

여자가 은자 한 냥을 탁자에 내려놓았다.

"구할 수 있을까요?"

은자를 본 점소이가 활기에 넘쳐서 대답했다.

"다른 주루에 가서 구해보겠습니다. 잠시 기다리십시오."

수정방 한 병 가격은 은 자 석 냥, 구리돈 백오십 냥의 거액인데 구해오면 은자 한 냥을 주겠다는 것이니 점소이가 마다할 리가 없다.

여자는 술을 마시지 않고 두 손을 깍지 껴서 그 위에 턱을 받치고 물끄러미 창밖을 응시했다.

창밖의 호수는 줄지어 늘어선 주루에서 흘러나온 불빛 때문에 낮하고는 다른 묘한 아름다움을 수놓고 있었다.

그렇지만 점소이는 빈손으로 돌아왔다.

"죄송합니다. 근처의 주루에는 수정방이 없거나 다 떨어졌다고 합니다요. 정말 죄송합니다."

점소이는 두 손을 앞에 모았다.

"손님, 저희 주루에는 좋은 명주가 많으니까 다른 술을 주문하십시오."

"수정방보다 좋은 명주가 있나요?"

여자의 물음에 점소이는 고개를 숙였다.

"죄송합니다. 저희 주루에서는 수정방을 능가하는 명주가 없습니다. 수정방을 능가하는 명주는 어디에도 흔하지 않을 것입니다."

여자는 점소이에게 물러가라는 손짓을 해 보였다. 그것은 술을 마시지 않겠다는 뜻인 것 같았다.

여자는 아쉬운 표정을 짓더니 말끄러미 화운룡의 수정방 술병을 응시했다.

그녀의 눈대중으로는 화운룡이 벌써 반 병 정도 마셨을 것 같았다.

그녀가 인생의 최대 낙으로 꼽는 것이 몇 개 있는데 그중에 하나가 술을 마시는 것이다.

또한 자신의 입맛에 맞는 술을 마실 때가 가장 행복하다고 생각하는 그녀이기에 지금 그녀가 수정방을 얼마나 마시고 싶어 할지는 미루어 짐작할 수 있을 터이다.

그녀는 화운룡이 수정방이라는 술을 주문할 때까지는 그런 술이 존재하는지도 모르고 있었다. 그래서 더욱 수정방이 마시고 싶었다.

탁……

화운룡이 술잔을 비우고 빈 잔을 내려놓고는 술을 따르기 위해서 술병을 집어 들었다.

쪼르르…….

잔에 술이 가득 따라지고 있을 때 빈 잔 하나가 그 옆에 가만히 놓였다.

빈 잔을 잡고 있는 것은 빙기옥골(氷肌玉骨)이라고 할 수 있는 희고 가는 섬섬옥수다.

"저도 한 잔 주세요."

이런 경우에는 무의식중이라도 상대를 한 번 쳐다보게 되는 것이고 더구나 상대가 여자라면 한두 마디 말이라도 던지는 것이 상식이다.

그러나 화운룡은 여자를 쳐다보지도 않고 술을 넘치도록 가득 따라주고는 자신의 잔을 들고 창밖을 바라보았다.

여자는 화운룡을 한 번 바라보고는 두 손으로 술잔을 잡고 흘릴까 봐 조심스럽게 입으로 가져갔다.

지금까지 그녀가 수정방을 마시고 싶어 하는 행동으로 봐서는 술을 조금씩 아껴서 마실 것 같았지만, 면사 아래로 술잔을 가져가더니 단숨에 잔을 비워 버렸다.

그러더니 입안에 술을 머금고 이리저리 굴리고 나서 조금씩 목으로 흘려보내며 입술과 입속, 혀, 목으로 두루 맛을 음미하는데 그것은 고도의 애주가만이 할 수 있는 행동이다.

"아……."

그러고는 장미꽃잎처럼 새빨간 입술이 약간 벌어지며 나직한 탄성이 흘러나왔다.

탄성에 화운룡이 무심코 쳐다보자 그녀는 빈 잔을 서슴없이 내밀었다.

"한 잔 더 주세요."

화운룡은 말없이 술잔을 채워주며 물었다.

"맛있소?"

"제가 여태껏 마셔본 술 중에서 세 손가락 안에 꼽힐 정도로 맛있어요."

장장 칠십여 년 동안 술을 마셔온 애주가인 화운룡은 귀가 솔깃했다.

"호오… 다른 두 가지 술은 무엇이었소?"

여자는 정말로 아름다운 왼손을 들어서 하나씩 손가락을 꼽으며 사근사근한 목소리로 말했다.

"첫째는 분주(汾酒)예요. 마셔봤어요?"

두 사람은 비록 초면이지만 서로 애주가라는 사실을 한눈에 알아보고는 술이라는 매개를 가운데 두고 오랜 친구처럼 대화를 나누었다.

화운룡은 빙그레 미소 지으며 대답했다.

"분주는 산서성에서 생산되는 팔백 년 전통의 명주로서 수수와 밀, 완두콩으로 누룩을 빚어 땅에 묻어 발효하는데 이 과정을 두 번 되풀이하면 맛과 향, 색이 뛰어나서 삼절(三絶)이라고 부른다오."

"호오… 잘 아시는군요."

"또 하나는 무엇이오?"

"고정공주(古井貢酒)예요. 마셔봤나요?"

화운룡은 환하게 웃었다.

"물론이오."

여자가 말한 분주와 고정공주는 둘 다 화운룡도 예전부터 익히 즐겨 마시던 술이라서 마치 동지를 만난 것 같은 느낌마저 들었다.

"고정공주는 안휘성의 조조가 태어난 박주(博州)라는 마을에 오래된 우물인 천년고정(千年古井)의 물로 빚은 술로서 주향이 난향(蘭香)과 비슷하고 뒷맛이 그윽하게 오래가서 '술 중의 모란'이라는 별명이 있소. 나 역시 분주와 고정공주 둘 다 좋아하오."

"아아……."

면사 안의 여자 얼굴은 진심으로 감탄하여 나직한 탄성을 토해냈다.

"분주와 고정공주는 그다지 유명하지 않아서 마셔본 사람이 많지 않을 텐데 당신은 정말 애주가로군요."

화운룡은 엷게 미소 지으며 턱으로 술병을 가리켰다.

"수정방은 입맛에 맞소?"

여자는 빈 잔을 내밀었다.

"세 잔은 마셔야 알 것 같아요."

그것은 여자가 교태나 수작을 부리는 것이 아니라 제대로 술맛을 알려면 원래 한 병은 마셔봐야 안다. 그런데 세 잔 만으로 진정한 술맛을 알 수 있다면 그야말로 애주가라고 할 수가 있을 터이다.

화운룡은 망설이지 않고 한 잔 더 따라주었다.

여자는 이번에도 면사 아래를 왼손으로 살짝 들고 오른손의 술을 단숨에 마셨다.

그러고는 입안에 머금고 살살 굴렸다가 조금씩 목으로 흘려서 마시고 나서는 또다시 나직한 감탄을 터뜨렸다.

"아아… 훌륭해요."

그녀가 감탄을 하면서 내뿜은 입김이 화운룡 얼굴에 봄바람처럼 살랑거리며 끼쳐왔다.

주향과 은은한 꽃향기가 섞인 입김인데 가슴이 설렐 정도로 감미로웠다.

"어떻소?"

화운룡의 물음에 여자는 가볍게 콜록거렸다.

"콜록! 콜록! 독하군요……."

입을 가릴 새도 없이 기침이 나와서 방금 전보다 더 강렬한 향기가 화운룡에게 끼쳐왔다.

"하하하! 수정방은 여아홍보다 다섯 배, 죽엽청보다 세 배 독한 술이오."

"그랬군요. 얼굴도 화끈거리고 배 속이 뜨거워요. 추울 때

마시면 그만이겠군요."

두 사람은 서로 대화를 시작한 지 일각 남짓 지났지만 마치 몇 년 친하게 알고 지낸 사이처럼 가까워졌다. 물론 술이라는 주제에 한해서만 말이다.

"수정방은 뒷맛이 깨끗해요. 그리고 향이 강렬하군요. 달콤하면서도 쌉쌀한… 그렇지만 나쁘지 않아요."

"그건 쌉쌀한 것이 아니라 얼싸한 것이오."

"얼싸… 가 무슨 뜻이죠?"

"날호호(辣乎乎)요."

"아… 날호호가 얼싸하다는 거로군요?"

그녀는 저것이 정말 사람의 손일까 할 정도로 희고 예쁜 두 손을 앞으로 내밀어 포권을 했다.

"한 수 배웠어요."

第六章
위험한 관계

　화운룡은 고개를 갸웃거렸다.

　"그런데 이상하구려."

　"뭐가요?"

　"내가 마신 수정방은 달콤하면서도 삼림(森林)의 향이 나는
데 그대가 마신 수정방의 향에는 남천백합(南川百合)의 향이
나는 것 같아서 그게 조금 이상하오. 그사이에 술이 바뀐 것
도 아닐 테고……."

　"어머?"

　여자는 평소에 평범한 여자들이 내뱉는 '어머?' 같은 유치한

탄성을 내지 않는다.

아마도 그녀 일생에 그런 소리를 내본 적이 한 번도 없었을 것인데, 지금은 자신도 모르게, 그리고 거침없이 그런 탄성이 터져 나왔다.

지금 그녀는 한 남자 앞에 앉아 있는 일개 여자일 뿐이고, 자신에게 그런 면이 있다는 사실을 지금 막 깨달았다.

"남천백합향을 아세요?"

화운룡은 고개를 끄떡였다.

"개인적으로 남천백합향을 좋아하오. 꽃이 매우 희귀한 데다가 그 향기를 맡으면 심신이 말할 수 없이 청명하고 상쾌해지는 것 같아서 말이오."

"어머? 아아……."

이번에 여자는 '어머?'와 '아아……'를 이어서 터뜨렸다. 그 정도로 크게 놀라고 감탄했기 때문이다.

그렇지만 그녀는 자신이 그러고 있다는 사실을 미처 깨닫지 못하고 있었다.

사실 그녀는 평소에 남천백합이라는 꽃에서 얻은 즙을 가미한 물로 수구(漱口: 입안을 헹구다)하고 목욕을 하는데 그 이유가 방금 화운룡이 말한 이유가 똑같다.

그녀는 조금 전에 자신이 무심코 입김을 토했을 때 주향과 함께 입안에 머금고 있던 남천백합향이 같이 섞여서 나갔다는 사실을 그제야 깨달았다.

그래서 자신의 입김을 이렇게 가까이 앉아 있는 낯선 남자
가 맡았다는 사실에 신선한 느낌을, 남천백합향을 알고 있다
는 사실에 감명을 받았다.

더구나 앞에 앉아 있는 남자는 정말이지 모르는 것이 없는
것 같았다.

술은 그렇다고 쳐도 어떻게 그 귀한 남천백합의 향이 입김
에 섞인 것을 간파했으며 그것이 심신을 상쾌하게 한다는 사
실까지도 알고 있다는 말인가.

평소에 남자를 발가락에 낀 때 정도로 여기는 그녀는 화운
룡에게만은 매우 강렬한 호감이 느껴졌다.

하지만 그녀는 자신이 평생 남자에게 단 한 번도 호감을 느
껴본 적이 없다는 사실을 이 순간에도 깨닫지 못했다.

여자는 이제 수정방이 제 술인 양 손을 뻗어 술병을 잡더
니 화운룡의 빈 잔에 따르고 자신의 빈 잔에도 따랐다.

그렇지만 화운룡은 그걸 보고서도 빙그레 미소를 지을 뿐
이지 뭐라고 말하지 않았다.

한 병의 고급스러운 명주는 그리 양이 많지 않지만 생판 남
남이었던 두 사람을 십년지기 술친구로 만들어놓기에는 부족
하지 않았다.

또한 수정방은 독하기로 소문났으며 독한 술을 마신 영웅

과 미녀가 의례 그러하듯이 두 사람은 약속이나 한 것처럼 일시에 마음을 열었다.

"제가 한 잔 살게요."

"그러시오."

"저보다 술을 잘 아시니까 제가 이번에 무슨 술을 사야 할지 알려주시어요."

"그럴까요?"

"그러시어요."

여자는 조금씩 말을 예쁘게 했다.

"에, 또 보자. 무슨 술이 좋을꼬……."

화운룡이 다 늙은 노인네처럼 수염도 없는 턱을 쓰다듬으면서 중얼거리자 여자가 갑자기 숨넘어가는 것처럼 까르르 웃으면서 몸을 뒤로 젖혔다.

"아하하하하! 영감님 같아요!"

"그렇소?"

화운룡이 겸연쩍어서 허허! 웃으며 상체를 좌우로 흔들자 여자가 불쑥 쓰고 있던 면사를 벗어냈다.

"답답해요."

여자는 지난 몇 달 동안 외출할 때 맨 얼굴로 다니다가 지니고 있는 미모 때문에 난리가 벌어지는 것을 겪은 이후로는 면사를 쓰기 시작했다. 그리고 그때부터는 한 번도 면사를 벗은 적이 없었다.

그러나 지금은 독한 술을 연거푸 마시고 또 마음에 쏙 드는 술친구를 만난 터라서 면사를 계속 쓰고 있어야 할 이유를 찾지 못했다.

우선 답답했다. 하지만 자신의 아름다운 미모를 화운룡에게 보이고 싶다는 생각은 추호도 들지 않았다.

연분홍 상의에 꽃무늬와 구름 무늬가 섞인 운금상 치마를 입었으며 바로 옆 의자에는 그녀가 입고 온 듯한 두터운 상의가 걸쳐져 있다.

면사를 벗은 여자는 뜻밖에도 절세미인이었다. 절세라는 표현은 아무 데나 붙이는 것이 아닌데 이 여자에게는 그것 말고는 적절하게 표현할 말이 없을 것 같았다.

아름다움에 대한 그 어떠한 설명도 표현도 이 여자에게는 칭찬이 아닌 욕이 될 것 같기 때문이다.

이 여자는 그저 단순하게 절세미녀였다. 세상천지에 완벽함이란 극히 미미한 것인데 이 여자의 미모는 완벽함이라고 해도 부족함이 없을 듯했다.

화운룡은 완벽한 절세미녀를 본 적이 있으며 그녀와 혼인하여 아내로 두었다.

바로 옥봉이다.

옥봉에 비견할 만한 미인은 많으나 가만히 살펴보면 한두 군데 부족함이 드러나는데, 옥봉의 사촌언니인 자봉이 그러하고 거기에서 조금 더 빠지는 미모가 운설이나 명림 등 화운룡 측근의 여자군(女子群)들이다.

그렇다고 해도 그녀들 각자는 가히 경국지색(傾國之色)이라고 할 수 있다.

그런데 지금 화운룡 눈앞에 있는 여자의 미모가 옥봉과 비견해도 추호의 손색이 없을 듯했다.

하지만 한 가지 기묘한 것이 옥봉과 이 여자 둘 다 절세미녀이면서도 전혀 닮지 않았다는 사실이다. 닮은 것은 절세미녀라는 사실뿐이지 용모는 전혀 달랐다. 어떻게 그럴 수도 있는지 신기한 일이다.

옥봉이 장미라면 이 여자는 백합 같았다.

여자가 화운룡을 말끄러미 응시하며 꽃잎 같은 입술을 나풀거렸다.

"제 얼굴을 보고 실망했나요?"

화운룡은 빙그레 미소 지었다.

"귀엽소."

"……"

그의 전혀 뜻밖의 대답에 여자는 어이없는 표정을 지었다. 여기에서 분명히 짚고 넘어가야 할 얘기는 절세미녀는 무엇을 해도 아름답거나 가만히 있는 것보다 훨씬 더 아름답다는 사실이다.

그렇기 때문에 여자가 어이없는 표정을 지었지만 달리 표현한다면 조금 전보다 어이없을 정도로 더 아름다워졌다는 뜻이기도 하다.

"제가 귀여워요?"

"그렇소."

여자는 자신을 귀엽다고 말하는 사람을 처음 봤으며 당연히 그런 말을 처음 들었다.

"어디가 귀엽죠?"

"취기 때문에 얼굴이 빨개졌소."

"그것뿐인가요?"

여자는 다른 곳도 귀엽다고 말해주기를 은근히 원하고 있는 자신의 천진함과 순진함을 깨닫지 못했다.

"뺨이 아기 같소."

수정방 두 병 반쯤 마신 화운룡은 조금 기분 좋게 취한 상태가 되었다.

"뺨이 귀여워요? 어째서요?"

"여기가 살결이 매우 보드랍고 작은 보조개가 있어서 아기처럼 귀엽소."

화운룡은 손을 뻗어 여자의 뺨을 부드럽게 쓰다듬다가 보조개를 손가락으로 살짝 찔렀다.

단언하건대 그녀는 일평생 누군가 자신의 뺨을 쓰다듬거나 찌르는 것을 한 번도 겪은 적이 없었다.

만약 그런 일이 일어난다면 그것은 천지개벽하고도 맞먹을 엄청난 사건이다. 그게 지금 방금 일어났다.

"간지러워요."

그런데도 여자는 고개를 모로 꼬면서 살짝 교태를 부렸는데 그녀도 화운룡도 그것이 교태라는 것을 알지 못했다.

당연하다. 여자는 평생 교태를 부려본 적이 없었다.

화운룡은 점소이를 불렀다.

"오량액(五粮液) 있나?"

"있습니다."

"가져오게."

여자가 밝은 목소리로 말했다.

"세 병 가져와요."

점소이가 그래도 되느냐고 화운룡을 쳐다보았다. 오량액은 한 병에 은자 다섯 냥이나 할 정도로 비싸기 때문이다.

"그러게."

"냉큼 가져오겠습니다!"

점소이가 제비 새끼처럼 지저귀고는 쏜살같이 달려갔다.

그는 달려가다가 계단 입구에서 멈추고는 화운룡과 여자를 돌아보았다.

'햐아… 정말로 잘 어울리는 한 쌍의 용봉이구나……!'

기분이 매우 좋아진 여자가 말했다.

"오늘 이 술은 제가 계산하겠어요."

화운룡은 격식에 얽매이는 사람이 아니므로 선선히 고개를 끄떡였다.

"그러시오. 그럼 나는 돈을 내겠소."

"네?"

여자는 가볍게 놀라서 눈을 깜빡거렸다. 돈은 화운룡이 내고 계산은 그녀더러 하라는 것이다.

"아하하하하! 재미있어요!"

여자는 또 고개를 젖히고 박장대소를 터뜨리는데 입을 크게 벌리는 바람에 목젖이 다 보였다.

여자는 일반 여자들하고 많이 달랐다. 여자들은 보통 남자 앞에서는 잘 웃지 않으며 웃더라도 고개를 돌리거나 손으로 입을 가려서 최대한 얌전하게 웃으려고 애쓰는 법이다.

더구나 예쁜 여자들은 도도하고 오만해서 웬만한 일로는 웃지 않으며 더구나 화운룡처럼 천하제일이라고 해도 지나치지 않을 정도의 절세미남 앞에서는 저절로 경직되는 법인데, 이 여자는 도무지 격식을 차리지 않았다.

그래서 화운룡은 그 점이 마음에 들었다. 물론 이성으로서 그녀가 마음에 든 것이 아니라 어디까지나 술친구로서다.

"그러세요. 그럼 저는 무엇을 살까요?"

여자가 생글생글 미소 짓는데 전혀 예쁘게 보이려는 꾸밈이 없으며 정말로 재미있어 하는 표정이 완연하다.

"다음에 만나면 술을 사시오."

"그럴게요."

여자는 한마디 덧붙였다.

"그때는 제가 돈을 낼 테니까 당신이 계산하세요."

"그러겠소."

두 사람은 그렇게 대화하면서도 다음에 언제 어디에서 만날 것인지에 대해서는 일체 거론하지 않았다.

주문했던 오량액 세 병이 왔고 그때부터 두 사람은 부지런히 술을 마셨다.

두 사람은 술에 대한 것이나 잡기(雜技) 등 온갖 것들을 화제로 삼아서 끝없이 대화를 이어나갔으나 정작 상대에 대해서는 한마디도 묻지 않았다.

화운룡은 그것이 너무 좋았고 여자는 그런 점을 화운룡보다 더 좋아하는 것 같았다.

더구나 천하의 절대다수 여자들이 화운룡의 절세미남 용모를 보기만 하면 그 즉시 뻑 가는 데 반해서 여자는 일체 그런 기색이 없었다.

두 사람은 점점 더 많이 마시고 또 많이 취했으며 그럴수록

수다가 늘어서 더 많은 대화를 쉴 새 없이 나누었다.

어느 순간 여자가 불쑥 말했다.

"제 이름은 연종초(淵琮草)예요."

화운룡이 이름을 묻지도, 궁금해하지도 않았는데 여자가 먼저 자신의 이름을 말했다.

어쩌면 그녀는 화운룡이 자신에 대해서 전혀 궁금하게 여기지 않았기 때문에 이름을 밝히고 싶었는지도 모른다.

화운룡은 고개를 끄떡이며 미소 지었다.

"썩 좋은 이름이구려. 나는 화운룡이오."

"당신은 저를 종초라고 부르세요."

그녀의 부모조차도 그녀의 이름을 부른 적이 없었다. 그걸 화운룡더러 부르라는 것이다.

어쩌면 이것은 여자 연종초의 또 다른 세계에서의 살아가는 방식인지도 모른다.

"그러겠소. 종초는 나를 운룡이라 부르시오."

"그럴게요. 운룡."

해시(亥時: 밤 10시경)가 되었을 때 화운룡과 종초는 오량액 세 병을 다 마시고 세 번째로 독하기로 유명한 서봉주(西鳳酒)를 마시기 시작했는데, 그것 역시 벌써 세 병째다.

화운룡은 술을 마실 때는 일체 공력으로 취기를 몰아내지 않기에 많이 취했으며 기분이 매우 좋았다.

그가 보기에 종초는 무림인이 아니며 무공을 모르는 것 같았다. 상대가 무공을 지니고 있는지 아닌지 그는 한 번 슬쩍 보기만 하면 즉시 알 수 있다.

종초는 그와 거의 비슷하게 마셨으면서도 얼굴이 빨개지고 말이 조금 꼬일 뿐이지 실수를 하지 않았다.

아니, 그녀는 술이 취할수록 조금씩 더 아름다워졌고 재미있어졌다.

"운룡, 오늘은 정말 기분이 좋은 날이에요."

"나도 그렇소."

"처음 이 주루에 들어왔을 때는 울적한 마음을 달래기 위함이었는데 지금은 그 어느 때보다도 기분이 좋아요."

"나도 그렇소."

"운룡 당신하고 술을 마셨기 때문이에요."

"나도 그렇소."

화운룡이 '나도 그렇소'만 반복하자 종초가 예쁘게 미소 지으면서 살짝 그를 흘겼다.

"앵무새예요?"

화운룡은 빙그레 미소 지었다.

"하하하! 나도 종초와 같은 생각이라서 그렇게 말한 것이오."

종초는 두 팔의 팔꿈치를 탁자에 대고 두 손으로 턱을 받친 모습으로 화운룡을 바라보았다.

"운룡하고 마셔서 술이 더 맛있는 것 같아요."

"나도 그렇소."

"또 그런다."

"미안하오."

"미안할 일은 아니에요."

"그럼 미안하지 않소."

"어머?"

종초는 눈을 크게 뜨고 화운룡을 바라보더니 뭐가 그렇게 우스운지 고개를 젖히고 목젖이 보이도록 깔깔 웃었다.

그때 이 층에 일단의 무리가 올라왔다.

그들은 홍투정수 다섯 명인데 날카로운 시선으로 이 층 실내를 둘러보며 누군가를 찾는 것 같았다.

✳   ✳   ✳

그렇지만 화운룡과 종초는 화기애애하게 술을 마시면서 웃고 떠드느라 그들의 출현을 아예 모르는 것 같았다.

홍투정수들은 필경 화운룡을 찾고 있는 것이 분명한데 자신들이 찾고 있는 사람이 눈앞에 있는데도 알아보지 못했다.

이유는 두 가지 때문이다. 첫째는 그들이 화운룡의 진면목을 제대로 보지 못했다는 사실이다.

그래서 지금 그들은 막연하게 자신들의 눈에 수상하게 비치는 인물을 찾고 있는 중이다.

두 번째 이유는 화운룡이 종초와 마치 연인 사이처럼 화기애애하게 술을 마시고 있으므로 설마 그가 자신들이 찾고 있는 그 인물일 것이라고 생각하지 못하는 것이다.

홍투정수들은 이 층을 샅샅이 살피고는 다시 계단 아래로 내려갔다.

그들이 화운룡과 종초를 처다보면서 느낀 것은 작은 부러움이었을 뿐이지 수상함은 아니었다.

화운룡과 종초는 이 층 창가 끝자리에 앉아 있기 때문에 옆자리의 사람만 두 사람을 볼 수가 있다.

그래서 지금 옆자리와 그 옆자리의 손님들이 화운룡과 종초를 주시하고 있었다.

아니, 종초를 주시하고 있는 것이다.

사람들은 처음에는 몰랐었지만 종초가 면사를 벗자 그녀의 절세적인 미모를 보고 혼비백산할 정도로 놀라서 그때부터 그녀를 뚫어지게 주시하고 있는 중이다.

화운룡의 준수함도 종초 못지않지만 주루의 손님들이 하나같이 남자들이라서 자연히 종초의 미모에 넋을 빼앗겼다.

종초는 화운룡의 중얼거림을 들었다.

"봉애… 사랑해……."

종초는 화운룡이 자신을 봉애라고 부르는 것인지 아니면 다른 여자의 이름을 부르는 것인지 알지 못했다.

그녀는 엉망진창으로 취했지만 지금 무슨 일이 벌어지고 있는지 정도는 희미하게나마 알 수 있었다.

그녀가 도대체 얼마나 취했느냐 하면 이성의 구 할 이상을 상실했고 일 할에도 못 미치는 정신을 간신히 부여잡고 있는 실정이었다.

그녀는 과거에 이렇게 취해본 적이 한 번도 없었으며 설사 이 정도로 대취했다고 해도 일 할 이하로 남아 있는 정신력으로 능히 어떤 상황이라도 대처할 능력의 소유자였다.

그런데도 그녀는 가만히 있었다. 아니, 오히려 지금 상황에 조금쯤은 적극적으로 대처하고 있는 중이다.

종초는 놓칠세라 두 팔로 화운룡을 힘껏 끌어안은 채 그의 품에 안겨 있다.

그녀가 보기에 화운룡은 그녀보다 더 취해서 거의 이성이 남아 있지 않은 것 같았다.

그는 계속 종초를 봉애라고 부르면서 사랑한다고 중얼거렸다.

지금 종초는 봉애가 되어 있었다.

종초든 봉애든 그녀는 화운룡이 좋았다. 그래서 더욱 힘껏 그의 몸을 끌어안았다.

화운룡은 버릇처럼 인시(寅時: 새벽 4시경)에 눈이 떠졌다.

지난밤에 인사불성이 되도록 만취했었지만 그는 평생 숙취 때문에 고생한 적이 한 번도 없었다.

술이 취했다가도 한숨 자고 일어나면 그걸로 깨끗했으며 지금도 마찬가지다.

그런데 그는 자신이 태주현 비룡은월문 운룡재에 돌아와 있다는 착각을 느꼈다.

왜냐하면 자신의 품에 한 여자가 깊이 안겨 있기 때문인데 그녀를 옥봉이라고 생각했다.

'이런……'

그는 화들짝 놀라서 다급히 침상에서 내려왔다.

캄캄한 실내지만 그는 물론이고 침상에 누워 있는 종초도 나신이라는 사실이 그를 당황시켰다.

'어째서 이런 말도 안 되는 일이……'

그는 급히 이불을 끌어다가 종초의 나신을 덮어주었다.

침상 아래 바닥에는 그의 옷과 종초의 옷이 뒤섞여서 흩어져 있어서 이 일이 벌어질 때 어떤 상황이었는지를 짐작하게 해주었다.

눈으로 보진 않았어도 둘 다 고주망태였을 것이다.

그는 서둘러 자신의 옷을 찾아서 입고는 잠시 물끄러미 종초를 굽어보았다.

어둠 속에 옆으로 누워 잠들어 있는 종초의 모습은 저절로 빛을 발하는 것처럼 아름다웠다.

화운룡은 아직 캄캄한 거리를 휘적휘적 걸어갔다.

그의 머릿속에는 자신과 종초의 여러 가지 일로 터질 듯이 가득했다.

주루에서 서봉주 세 병 이후에 사천성의 명주인 검남춘(劍南春)을 두 병 더 마신 것까지는 어렴풋이 기억이 나는데 그다음부터가 도무지 기억이 없다.

어쨌거나 아까 그가 목격한 상황만 보고서도 그와 종초 사이에 무슨 일이 벌어졌었는지 알 수가 있다.

그걸 모른다면 바보 천치지 제정신을 가진 인간이라고 할 수가 없을 터이다.

그런데 아무리 머리를 쥐어짜도 종초하고 그 일을 했었던 기억이 도무지 한 움큼도 떠오르지 않았다.

'어젯밤에는 내가 도대체 왜 그랬는지 모르겠군.'

그는 고개를 절레절레 흔들었다.

주루에 들어갈 때까지는 다 정상적이었다. 아니, 합석을 한 미지의 여자 연종초와 술을 마시기 전까지는 별일 없었다.

그가 빈 잔에 술을 따를 때 불쑥 내민 종초의 빈 잔에 술을 따라주었을 때도 아무런 생각이 없었다.

그런데 그녀와 대화를 시작하면서부터 화운룡은 전혀 새롭고 신선한 분위기에 빠져들었다.

여자는 순수한 술친구로 다가와서는 새벽녘의 절간 같은 고요하고 신비로운 분위기를 만들었다.

팔십사 세까지 살았던 화운룡으로서는 그런 신선한 술친구는 생전 처음이고 또한 그런 분위기 역시 최초였다.

그래서 자신도 모르게 거기에 조금씩 깊이 함몰했지만 그 자신은 미처 깨닫지 못했었다.

어쨌든 화운룡 기억에 남아 있는 종초와의 술자리는 더할 나위 없이 좋았다.

마지막 그 일만 아니었으면 더 좋았을 것이다.

종초와 밤을 보냈던 객잔에서 이각 정도 걸어오고 있을 때 어디선가 뾰족한 목소리가 터졌다.

"여보!"

화운룡을 발견한 운설과 명림이 동시에 터뜨린 외침이다. 그녀들은 밤새 화운룡을 찾아 북경 성내를 헤맸었다.

두 여자가 어둠 속에서 날아와서 화운룡의 양팔을 붙잡고는 한바탕 수선을 피웠다.

"여보! 도대체 무슨 일이 있었던 거예요? 어젯밤 어디에서 주무셨나요?"

"여보! 괜찮은가요? 어디 다치신 곳은 없나요?"

화운룡은 두 여자의 허리를 안고 걸으면서 빙그레 웃었다.

"별일 없다."

"아무 말도 안 해주실 건가요?"

"천첩들이 답답해서 죽어야만 말씀해 주실 건가요?"

두 여자는 아무렇지도 않게 '여보'라거나 '천첩'이라는 말을 하고 있는데도 지금의 화운룡으로서는 그걸 뭐라고 나무랄 입장이 아니다.

그와 종초 사이의 일을 운설과 명림이 알 리가 없겠지만 화운룡 자신이 찔려서 두 여자를 심하게 대하지 못하는 것이다.

"술 마시다 보니까 많이 취해서 객잔에서 잤다."

"아유… 도대체 얼마나 마셨기에……."

"아직도 술 냄새가 나는 것 같아요."

그녀들은 화운룡에 대해서 너무나 잘 알고 있기에 그가 밤새 이상한 짓을 했을 것이라고는 추호도 의심하지 않았다.

설사 그가 무슨 짓을 했는지 안다고 해도 불처럼 질투를 할지언정 꾸짖거나 발설하지는 않는다.

화운룡은 종초와의 일을 굳이 운설과 명림에게 말하거나 해명할 필요가 없다.

지금 생각으로는 그는 그 일을 옥봉에게도 말하지 않는 것이 좋을 것 같았다.

옥봉을 속이려는 것이 아니라 현재로썬 종초하고 무슨 일이 있었는지 정확하게 모르는 상황에서 막연하게 추측하여 말할 수는 없다는 것이다.

더구나 그렇게 해봤자 옥봉을 괴롭힐 뿐이다.

"이번 생은 요상하구나."

화운룡이 양팔로 두 여자의 허리를 안고 걸어가면서 밑도 끝도 없이 중얼거렸다.

"뭐가요?"

"예전 생하고는 달리 이번 생에서는 내가 도통 여자를 무서워하지 않는다니까."

두 여자는 반색하며 걸음을 멈추었다.

"그럼 천첩들에게 은혜를 베푸실 건가요?"

"무슨 은혜?"

"천첩들이 당신에게 받고 싶어 하는 은혜가 뭐겠어요?"

두 여자의 눈이 별처럼 반짝거리다가 갑자기 비명을 질렀다.

화운룡은 저만치 혼자서 휘적휘적 걸어가고 운설과 명림은 두 손으로 화끈거리는 자신들의 엉덩이를 감쌌다.

괜한 소리를 했다가 화운룡에게 볼기짝을 호되게 얻어맞은 것이다.

종초가 깨어났을 때 화운룡은 곁에 없었다.

'꿈이었을까?'

지난밤 그의 품에 안겼던 것만이 아니라 그를 만나서 즐겁게 술 마시며 대화를 나누었던 그 찬란하게 빛나는 시간이 온통 꿈이 아니었을까 하는 생각이 종초를 지배했다.

그러나 그녀는 지난밤의 희미한 기억을 더듬어보고 이어서 현재 자신의 몸을 살펴본 이후에 지난밤의 일이 꿈이 아니었음을 확인했다.

종초는 가녀리면서도 늘씬한 몸을 똑바로 누이고 눈을 깜빡거리며 천장을 응시했다.

슬프거나 허무하지도 않았으며 후회도 들지 않았다.

'그가 보고 싶어.'

문득 머리에서 떠오른 생각하고는 달리 마음에서 그런 감정이 샘물처럼 퐁퐁 솟구쳤다.

다만 화운룡이 그리울 뿐이다. 헤어진 지 얼마나 지났다고 그가 또 보고 싶다는 말인가.

그러다가 그녀는 깜짝 놀랐다. 누군가를 그리워하는 것 역시 그녀로서는 매우 생소한 일이다.

태어나서 이제껏 그리움에 휩싸여 본 적이 한 번도 없었던 그녀이기에 놀랄 수밖에 없다.

몹시 목이 마른 것 같기도 하고 가슴을 쥐어짜는 것 같기도 하더니 그를 보지 못하면 무슨 큰일이라도 일어날 것 같은 조바심이 생겼다.

'맙소사! 이것은 또 무슨 감정이라는 말인가?'

종초는 낮게 탄식하고는 천천히 일어나서 바닥에 흩어져 있는 옷을 입었다.

문득 무언가를 발견한 그녀의 시선이 침상으로 향했다.

아주 복잡하고 미묘한 감정이 호수에 언 살얼음이 갈라지듯이 잘게 균열을 일으켰다.

그녀는 자신이 죽을 때까지 순결을 유지하고 있을 줄 알았다. 살아생전에 누군가에게 순결을 잃을 것이라고는 추호도 예상하지 않았다.

그녀는 다시 옷을 입다가 바닥의 옷 사이에서 반짝이는 무언가를 발견하고 집어 들었다.

차가운 촉감이 손으로 전해졌다.

그것은 한 뼘 길이의 작은 옥적(玉笛: 옥피리)이었다.

화운룡의 제자들로 구성된 용봉호법대의 대주인 십팔 세 강정이 예전에 아미파의 사백으로부터 선물로 받은 것이라면서 그에게 주었다.

화운룡은 그 옥적으로 가끔 옥봉에게 자신이 만든 피리곡인 사련봉애를 불어주곤 했었다.

사실 화운룡은 옷을 입다가 옥적을 흘린 것이지만 종초는 그가 일부러 옥적을 자신에게 남겼을 것이라고 생각했다. 작은 오해가 새로운 감정과 미련을 만들었다.

종초는 옥적을 굽어보면서 가만히 쓰다듬었다.

"운룡……."

그러더니 자신도 모르게 입술 사이로 중얼거림이 흘러나왔다.

이름을 부르니까 그가 더욱 보고 싶어졌다.

그녀는 조금 어이없는 표정을 짓더니 곧 흐릿하게 미소 지으며 나직하게 중얼거렸다.

"어느새 그가 내 마음에 들어왔구나."

여명이 부옇게 타오고 있는 이른 아침에 종초는 객잔을 나와 인적 드문 거리를 걸어갔다.

몇 걸음 걸어가던 그녀는 문득 걸음을 멈추고 곱게 아미를 찡그렸다.

몸의 어느 부위가 찌르듯이 아팠다. 순결과 바꾼 고통이지만 견디지 못할 정도는 아니다.

아니, 오히려 그리운 화운룡의 흔적이 이런 식으로라도 남아 있다는 사실이 좋았다.

어쩌면 이 고통이 아주 오래 지속되면 좋겠다는 생각마저 들었다.

그를 다시 만날 때까지…….

'다시 만날 수 있을까?'

두 번 다시 그를 만나지 못할 것이라는 사실을 그녀는 잘 알고 있다.

아주 우연히 마주친다면 모를까 그녀가 스스로 그가 누구 며 어디에 있는지 수소문을 해서 찾아내는 일은 결단코 없을 것이기 때문이다.

그녀가 다시 몇 걸음 천천히 걷고 있을 때 어디선가 바람처럼 두 사람이 나타나 그녀의 좌우에서 나란히 걸었다.

"사부님."

그들은 한 쌍의 용봉 같은 뛰어난 외모의 젊은 남녀로써 종 초의 제자들이다.

화리천과 연군풍이라는 이름의 청년과 여자는 아무 말 없이 종초의 좌우를 호위하듯이 따랐다.

두 사람은 종초를 찾아다니다가 이곳에서 우연히 그녀를 발견한 것이다.

남녀는 사부가 어디에서 잤으며 밤새 무엇을 했는지 일체 묻지 않았다.

그런 걸 묻는다는 것은 한마디로 신성모독이다. 사부가 어딜 갈 테니까 아무도 따라오지 말라고 하면 분명히 그렇게 해야만 한다.

괜히 그녀를 보호한답시고 제자나 호위고수들이 은밀하게 얼씬거렸다가 그녀의 눈에라도 띄는 날이면 그야말로 평지풍파가 일어난다.

더구나 그녀는 혼자 다닌다고 해서 조금도 걱정할 필요가 없는 절세무공을 지니고 있다.

그때 사람들이 종초와 화리천, 연군풍 주위로 몰려들었다.

종초 혼자 걸을 때는 면사를 썼기 때문에 그녀가 누군지 알아보지 못하지만 화리천과 연군풍의 모습은 중원에 많이 알려진 터라서 사람들이 그들을 보고 몰려들기 시작한 것이다.

"오오… 천상절미다……!"

"천상절미가 북경에 나타났다……!"

사람들은 종초를 알아보지 못하지만 화리천과 연군풍이 천지쌍신이라는 것과 그들이 천상절미를 호위하고 있다는 사실을 알기 때문에 두 사람과 같이 있는 종초가 천상절미라고 짐작한 것이다.

이래서 종초는 면사를 쓰고 혼자 다니려고 했던 것이다.

"죄송합니다, 사부님."

점점 많이 몰려드는 사람들을 보고서 화리천이 죄송한 표정을 지었다.

종초가 화리천과 연군풍의 팔을 잡았다.

스으으……

순간 세 사람의 모습이 그 자리에서 아지랑이처럼 흔적 없이 사라져 버렸다.

사람들은 어리둥절한 얼굴로 주위를 두리번거렸지만 어디에도 종초 등 세 사람의 모습은 보이지 않았다.

第七章
태감과 동창제독의 죽음

종초는 사람들이 북적거리는 시장 한복판에 두 제자를 데리고 나타났다.

조금 전에 그녀는 문득 허기를 느꼈으며 어젯밤에 화운룡이 해준 말이 떠올랐다.

그는 북경 외성 밖의 이곳 조양(朝陽)시장의 탕 요리가 맛있어서 아침에 해장을 하기 좋다고 말했었다.

"너희 둘 얼굴을 바꿔라."

종초의 말이 떨어지자마자 화리천과 연군풍은 공력을 끌어올려서 얼굴 모습을 순식간에 바꾸었다.

이백 년 이상의 공력이 있어야 하고 매우 난해한 구결을 이해해야지만 가능한 이체변형신공을 화리천과 연군풍은 아무렇지도 않게 시전했다.

두 사람은 중년의 남자와 여자의 모습으로 변해서 이제 어느 누구도 그들을 천상절미의 호위고수인 천지쌍신이라고 하지 않을 것이다.

화리천과 연군풍은 사부가 갑자기 자신들을 시장으로 데리고 온 이유가 궁금했으나 묻지 않았다. 사부에게는 묻는 것 역시 금기사항이다.

"너희들 밥 먹었느냐?"

"네?"

화리천과 연군풍은 사부가 이런 질문을 한 적이 한 번도 없기에 동시에 깜짝 놀랐다.

"아침 식사를 했느냐는 말이다."

"아… 직 안 먹었습니다."

화리천과 연군풍은 사부가 왜 갑자기 그런 것을 묻는지 알수가 없었다.

종초는 주위를 두리번거리다가 저만치에 늘어서 있는 주루들을 발견하고 그쪽으로 발걸음을 옮겼다.

"저 주루에 가서 아침 식사를 하자."

어리둥절해서 서 있는 두 사람을 놔두고 종초는 빠른 걸음으로 주루로 향했다.

"이곳 조양시장의 탕 요리가 으뜸이라고 하더구나. 해장을
해야겠다."

두 사람은 급히 사부의 뒤를 따라갔다.

연군풍이 조심스럽게 옆에서 보니까 면사 아래의 사부 얼
굴이 환하게 빛나고 있었다.

예전에는 한 번도 뵌 적이 없는 행복에 가득 찬 얼굴이었
다.

                  *   *   *

천보장에 돌아온 화운룡은 동창 금의총교위 임오를 불렀
다.

동창의 오백 명 금의위들은 천보장에 머물면서 매우 융숭
한 대접을 받고 있는 터라 육신은 더없이 편할지언정 마음이
매우 불편했다.

자신들의 처지가 어떻게 될 것인지 앞이 보이지 않을 정도
로 캄캄하기 때문이다.

화운룡은 광덕왕부에서 있었던 일을 간추려서 임오에게 설
명해 주었다.

임오는 놀라는 표정을 지었다.

"그럼 광덕왕 전하가 아니라 군사인 등천일협이 다 꾸민 일이었습니까?"

"그렇네."

임오는 착잡한 표정을 지었다.

"이제 우리는 어떻게 해야 합니까?"

화운룡이 직접 등천일협을 죽이고 또 광덕왕이 앞으로 절대 비룡은월문을 괴롭히지 않겠다고 맹약을 했다지만 그게 이곳에서 머물고 있는 오백 명 동창 금의위들의 일을 해결한 것은 아니다.

화운룡이 조용한 목소리로 말했다.

"동창제독 균방이 자네들에게 내렸던 명령을 거두게 하겠다고 광덕왕이 약속했었네."

"그랬습니까?"

임오는 반색했다. 그는 목을 조이고 있던 쇠사슬이 풀린 것 같은 표정을 지었다.

"아아… 이제 됐습니다……!"

그는 벌떡 일어나더니 화운룡에게 공손히 포권을 하며 허리를 굽혔다.

"정말 감사합니다. 저희 오백 명 금의위들의 은인이십니다."

그는 서둘러서 방을 나갔다.

"가서 수하들에게 이 소식을 전해야겠습니다!"

임오가 물러간 후에 화운룡은 오늘 천보장을 출발하자고 결정을 내렸다.

화운룡은 장하문이 뭔가 할 말이 있는데 망설이는 듯한 표정인 것을 보았다.

"하룡, 할 말이 있나?"

머뭇거렸던 장하문이지만 일단 말하기로 마음먹으면 주저하는 성격이 아니다.

"천마혈계 말입니다."

첫마디를 꺼내는 순간 화운룡은 그가 무슨 말을 하려는 것인지 짐작했지만 그의 말을 자르지 않았다.

"이곳에 머무는 동안 좀 알아봤는데 무림의 상황이 매우 좋지 않습니다."

그동안 화운룡에게 많이 동화된 운설이 매정한 말투로 장하문에게 물었다.

"그게 우리하고 무슨 상관이지?"

장하문은 심각한 표정을 지었다.

"본 문이 정식으로 춘추구패에 올랐습니다."

그 말에 화운룡은 씁쓸한 표정을 지었다.

반면에 운설, 명림, 총대주 당평원과 각 대주들은 적잖이 놀라면서도 그럴 줄 알았다는 듯 흐뭇한 미소를 지었다.

강소성 남쪽 지방 태주현의 비룡은월문이 마침내 무림의 아홉 개 기둥 중에 하나가 되었으니 뿌듯하면서도 감회가 남다른 것은 당연하다.

그렇지만 그들은 화운룡이 얼굴을 찌푸리고 있는 모습을 발견하고 얼른 미소를 지웠다. 그가 어째서 얼굴을 찌푸리는지 알기 때문이다.

장하문이 말을 이었다.

"무림은 그야말로 혼돈 그 자체입니다. 무림 곳곳에서 매일 수백 건의 크고 작은 싸움이 벌어지고 있으며 무림인이 하루에 수천 명씩 죽고 있습니다."

장하문을 제외하곤 모두들 현재 무림의 사정에 대해서 자세히 모르기 때문에 그의 말에 매우 놀라는 표정을 지었다.

"그게 천마혈계 때문인가요?"

명림의 물음에 장하문의 표정이 더욱 심각해졌다.

"그렇습니다."

"천외신계가 무림 곳곳에서 매일 수백 건의 싸움을 벌이고 있다는 건가요?"

"천외신계가 직접 싸우고 있는 것은 아닙니다."

명림은 애매한 표정을 지었다.

"무슨 뜻인지 잘 모르겠군요."

"제가 여러 정보들을 수집해서 분석한 바에 의하면 천외신계는 대리전을 벌이고 있는 중입니다. 즉, 무림이 천외신계를 대신해서 싸우는 겁니다."

화운룡은 충분히 알아들었는데 다른 사람들은 무슨 뜻인지 모르는 표정들이다.

"이봐, 하룡. 좀 자세히 설명해 봐. 우린 주군이나 자네처럼 똑똑하지 않잖아."

운설이 화운룡처럼 장하문을 하룡이라고 부르면서 곱지 않은 핀잔을 주었다.

장하문은 차분하게 설명을 시작했다.

"오랜 세월 동안 천외신계는 중원 무림 곳곳에 자신들의 세력을 방대하게 깊숙이 심어두었습니다. 그것들 중에는 구파일방도 속했을 것이고 팔대세가도 있을 것이며 춘추구패도 있을 것입니다."

화운룡을 제외한 중인의 얼굴이 점점 심각하게 굳어졌다.

"굵직한 것들만 쳐서 그렇다는 것입니다. 그 밖에도 천외신계는 사해검문과 태극신궁, 황산파, 모산파처럼 중원 각 지방의 구석구석까지 그 지방을 대표하는 방파와 문파들에도 손을 써서 자신들 수족으로 만들어두었을 것입니다."

당평원이 돌처럼 굳은 얼굴로 물었다.

"천마혈계가 발동이 되었으니 그 세력들이 천외신계를 위해서 무림의 각 방파와 문파들을 상대로 싸움을 벌여서 장악하고 있는 것이오?"

"그렇소. 그런 식으로 중원 무림을 장악하고 있는데 그 속도가 예상외로 빠르오."

비룡대주 감형언이 물었다.

"천외신계에게 장악된 방파와 문파들이 어느 곳인지 상세하게 알고 있소?"

장하문은 고개를 가로저었다.

"구체적인 것은 모르겠지만 적어도 중원 무림의 이 할 이상이지 않을까 예상하고 있습니다."

운설이 코웃음 쳤다.

"이 할을 갖고 팔 할을 집어먹겠다는 것인가?"

장하문이 운설을 보면서 차분하게 말했다.

"혈영단은 하북 무림의 일 푼에도 미치지 못하는 세력으로 무림최강의 살수조직으로 군림했습니다. 좌호법께선 그 이유가 뭐라고 생각하십니까?"

"혈영단이 하북 무림 전체 세력의 일 푼에도 미치지 못한다는 말인가?"

"정확하게 계산하면 혈영단은 하북 무림 전체로 봤을 때 일 푼 이하 칠 리(厘) 정도 됩니다."

"……"

운설은 말문이 막혔다. 그녀는 혈영단 세력이 고작 그 정도

뿐이었다는 사실에 충격을 받았지만 매사 정확한 장하문의 계산이 틀릴 리가 없기에 입을 다물었다.

"그럼에도 불구하고 혈영단은 하북 무림만이 아니라 천하무림에서 최강의 살수조직으로 군림했었습니다."

얘기가 이쯤 되자 운설도 머리가 트였다.

"그러니까 천외신계가 오랜 세월 동안 장악한 이 할의 세력이 혈영단처럼 막강하기 때문에 나머지 팔 할을 충분히 장악할 수 있다는 얘기야?"

"그렇습니다."

"그럼 얘긴 벌써 끝난 거잖아? 천외신계가 전 무림을 장악하는 것은 시간문제로군."

"그렇습니다."

장하문은 이제 화운룡을 상대해야 할 시간이 왔다는 것을 깨닫고 그를 정면으로 쳐다보았다.

"어떻게 하시겠습니까?"

"뭘 어떻게 해? 우리를 건드리지 않으면 상관하지 않는다는 주군의 말씀도 모르는 거야?"

"조용하십시오. 좌호법께 묻지 않았습니다."

"……"

항상 공손한 장하문이 이렇게 나올 때는 정말 상황이 진지하다는 뜻이라서 운설은 속이 확 뒤집어졌지만 참을 수밖에 없었다.

상황이 이렇다 보니까 좌중은 바늘 하나 떨어지는 소리까지 크게 들릴 정도로 조용했다.

"천외신계는 춘추구패가 된 본 문을 절대로 그냥 지나치지 않을 것입니다. 그러므로 우린 그때를 대비해야 합니다."

화운룡이 조용한 목소리로 운설을 불렀다.

"설아."

"네, 여… 주군."

운설은 여보라고 대답하려다가 얼른 고쳐서 불렀다.

"하룡 저 녀석 머리 한 대 때려줘라."

"네?"

때리라는 운설이나 맞으라는 장하문 똑같이 놀랐다.

"왜요?"

"평소에 내가 자주 하는 말이 생각나지 않는 모양이니까 머리를 한 대 때려주면 생각날 게야."

"아……"

운설은 손마디를 똑똑 꺾으면서 장하문에게 다가가며 먹잇감을 앞에 놓은 암호랑이 같은 표정을 지었다.

"내가 그랬지? 우리를 건드리지 않는 이상 상관하지 않는다고 말이야."

운설이 다가오자 장하문은 겁먹은 얼굴로 손을 마구 저으면서 화운룡에게 소리쳤다.

"아, 압니다! 제가 어떻게 주군 말씀을 잊겠습니까?"

"아는 놈이 그딴 소리를 하느냐?"

딱!

"허윽!"

운설은 주먹으로 장하문의 머리를 냅다 갈겼다.

장하문은 머리가 쪼개지는 아픔에 눈물이 핑 돌았다. 정말 지독한 고통이다.

"으으으… 주군. 세상천지에 군사를 이렇게 때리는 곳이 어디에 있습니까?"

"군사 하기 싫으면 그만둬."

"……."

장하문은 쇠망치로 뒤통수를 얻어맞은 듯한 표정을 지었다가 일어나서 화운룡에게 공손히 허리를 굽혔다.

"용서하십시오, 주군."

"잘해라."

"명심하겠습니다."

군사의 책무는 오로지 주군의 뜻과 일치해야만 한다. 주군이 원하지 않는 것은 하지 않는 것이 군사다.

주군이 천하를 갖고 싶다고 하면 그것을 위해서 헌신해야 하고, 주군이 천하상계를 장악하겠다면 또 그것을 위해서 목숨을 바치는 것이 군사의 책무다.

침실로 돌아왔을 때 운설이 화운룡을 따라서 들어온 아월
을 가리키며 물었다.

"이건 뭔가요?"

아월이 대신 다정하게 대답했다.

"이건 물건을 가리킬 때 쓰는 말이고 저는 사람이니까 이
여자라고 해야 맞아요. 운설 언니."

"어… 너……."

운설은 한 방 맞은 것 같은 표정을 지었다.

아월을 몸종으로 받아들이라고 강력하게 요구한 사람이 명
림이었다.

그런 명림이 새로운 최측근이 된 아월에게 화운룡 주위 사
람들의 신상에 대해서 미리 자세하게 설명해 주는 것은 너무
나도 당연한 일이다.

특히 최측근 중에서도 최측근인 운설에 대한 설명이 전체
의 절반을 잡아먹었다.

운설이 황당하다는 표정으로 아월을 보며 물었다.

"넌 뭐냐?"

"주인님의 몸종이에요."

"몸… 종?"

명림이 아월을 거둔 상황에 대해서 자세하게 설명을 했다.

"그러니까 이게 서초후 아래 등급인 서절신군의 제자라는 말이에요?"

"그래."

아월이 해맑게 웃으면서 또 끼어들었다.

"이게 아니라 이 여자라니까요?"

"입 닫아라."

휙!

"앗!"

"때리지 마라."

운설이 아월에게 일장을 갈기려는데 창가에 앉아 있는 화운룡이 조용히 말했다.

운설은 급히 손을 거두었고, 일격을 당할 줄 알고 기겁했던 아월은 안도의 한숨을 내쉬었다.

그러고는 화운룡을 바라보며 더없는 고마움과 존경의 눈빛을 보냈다.

아월은 한 가지 사실을 알게 됐다. 좌호법 운설이 매우 무섭지만 화운룡에게는 꼼짝도 못한다는 사실을 말이다. 그래서 아월은 화운룡에게만 잘하면 만사형통이라는 사실을 아울러서 깨달았다.

　　　　＊　　　　　＊　　　　　＊

　운설은 어이없다는 듯 화운룡에게 말했다.

　"이런 애는 그냥 두고 오지 왜 데리고 오셨어요?"

　이번에도 명림이 대신 대답했다.

　"그런 상황에서 어떻게 두고 와?"

　"그럼 죽이고 오든가."

　아월은 생글생글 웃으면서 끼어들었다.

　"제가 주인님께 죽여달라고 했는데 감사하게도 몸종으로
거두셨어요."

　운설은 어이없는 표정을 지었다.

　"너 그런 얘기를 웃으면서 하니?"

　"그럼 울면서 해요?"

　"이게……."

　운설은 아월하고 얘기하다가는 부아가 치밀어서 제명에 못
죽을 것만 같았다.

　"설아."

　"네, 주군."

　화운룡이 상황을 정리했다.

　"자정에 출발할 테니까 준비시켜라."

　"출발해요?"

"오냐."

운설은 방금 전에 짜증을 냈던 것은 까맣게 잊어버리고 환하게 웃었다.

"어서 집으로 돌아가야지 답답해서 죽겠어요."

화운룡이 넌지시 말했다.

"나도 비아가 보고 싶구나."

설은비는 운설의 딸이고 세 살이다.

딸 얘기가 나오자 운설 얼굴에 환한 미소가 떠올랐다.

화운룡이 지나가는 말처럼 물었다.

"설아, 너희는 모친의 성을 따르는데 어째서 너는 눈 설(雪)이고 어머니 빙마마는 대쑥 설(薛)씨냐?"

운설의 눈이 세모꼴이 됐다.

"다 알면서 그 얘기를 꺼내는 의도가 뭐예요?"

"너 자꾸 월아 괴롭히면 그 얘기 모두에게 까발릴 거다."

운설은 파르르 떨면서 화운룡 앞으로 다가와 섰다.

"당신 정말 치사하게 그러기예요?"

척!

"어머?"

화운룡이 슬쩍 잡아당겨서 무릎에 앉히자 운설은 넘어질 것 같아서 깜짝 놀라 팔을 화운룡의 목에 둘렀다.

"자빠질 뻔했잖아요."

화운룡이 자신을 무릎에 앉혔다는 사실 때문에 기쁘면서
도 그녀는 괜히 앙탈을 부렸다.

화운룡은 부드럽게 말했다.

"설아. 둥글게 살자, 응?"

운설은 금세 온순해졌다.

"네."

그녀는 하루에 한 번만 화운룡 무릎에 앉을 수만 있다면
평생 성질 안 부리고 둥글게 살 수 있을 것이라고 생각했다.

예기치 않았던 일이 생겼다.

아까 나갔던 금의총교위 임오와 다섯 명의 금의교위들이
네 시진 만에 돌아와서 화운룡을 찾아왔는데 그들은 두 개의
상자를 탁자에 내려놓았다.

상자 뚜껑을 여니까 놀랍게도 각 상자에 하나씩의 수급이
들어 있었다.

화운룡은 두 개의 수급이 누군지 짐작이 갔다.

임오가 공손히 말했다.

"태감 온사열(溫司列)과 동창제독 균방입니다."

화운룡은 임오에게 태감과 동창제독을 왜 죽였느냐고 묻지
않았고 그도 설명하지 않았다.

그 대신 임오는 한 가지 선언을 했다.

"저희들은 동창으로 돌아가지 않겠습니다. 모두 진지하게 상의한 결과입니다."

임오가 앞에, 그리고 다섯 명의 금의교위들이 뒤에 나란히 서 있으며, 임오 앞쪽 탁자에는 화운룡이 앉아 있고 뒤쪽에 장하문, 운설과 명림이 나란히 서 있다.

화운룡은 육십사 년 동안의 풍부한 경험을 바탕으로 많은 예측을 해왔으나 이들이 태감과 동창제독을 죽일 것이라고는 예상하지 못했다.

왜냐하면 광덕왕이 명령을 거둘 것이라고 전했을 때 임오가 몹시 기뻐했기 때문이다.

비룡은월문을 공격하려고 남하하고 있던 임오는 중도에 화운룡을 만나서 황제가 독살됐다는 말을 듣고는 큰 충격과 실의에 빠졌다.

동창의 금의위들은 오로지 황제를 모시고 황제의 명령만 받는 지위인데 명령권자가 독살됐으므로 그 충격이야 이루 말할 수 없었을 것이다.

그러고는 황제를 독살한 것이 태감이며 동창제독이 황위 계승자인 연 태자를 암살했다는 사실을 알게 되었다.

비룡은월문을 공격하라는 명령을 광덕왕이 거둘 것이라고 했을 때 임오가 기뻐한 이유는 북경 성내에서 자유롭게 활동할 수 있게 되었기 때문이다.

그래야지만 태감과 동창제독을 죽일 수 있어서였다.

임오가 정중하게 입을 열었다.

"저희들은 독살당하신 황상과 연 태자 전하의 복수를 했습니다."

모두들 침묵하는 가운데 임오의 말이 이어졌다.

"독살 주모자인 광덕왕을 죽여야 하지만 저희들 능력으로는 광덕왕부를 공격하는 것이 역부족이라서 포기할 수밖에 없습니다."

화운룡이 바로잡아 주었다.

"주모자는 등천일협이었네."

임오는 아! 하는 표정을 짓더니 순순히 인정했다.

"그렇군요. 광덕왕은 마지못해서 허가한 것뿐이니까 황상과 연 태자를 죽인 주모자는 등천일협이 분명합니다."

임오는 더욱 공손한 자세를 취했다.

"그런데 등천일협을 문주께서 죽이셨으니 이로써 황상과 연 태자의 복수를 깨끗이 끝냈다고 할 수 있습니다."

화운룡이 조용히 물었다.

"동창으로 돌아가지 않으면 어쩌려는 것인가?"

임오와 다섯 명의 금의교위들은 갑자기 몸가짐을 바로 하더니 그 자리에 무릎을 꿇었다.

"저희들을 거두어주십시오!"

임오의 외침과 함께 여섯 명이 이마를 바닥에 붙이며 납작하게 부복했다.

황궁의 실세 중에서도 실세인 태감과 그의 직속인 동창제독을 죽였으니 임오와 금의위들은 절대로 동창에 복귀하지는 못할 것이다.

임오와 오백 명 금의위들은 이미 수배 중인지도 모른다.

그러므로 북경에 남아 있으면 황군에 의해서 참살을 당할 것이고 북경을 벗어나면 죽을 때까지 도망자 신세가 될 터이다.

화운룡이 조용히 물었다.

"가족은 어떻게 할 텐가?"

부복하고 있는 임오와 다섯 명의 금의교위들 몸이 눈에 띄게 움찔 떨렸다.

충성심과 복수심에 휩싸인 이들은 가족까지 생각할 겨를도 없이 태감과 동창제독을 죽이고 말았다.

아니, 가족을 생각하지 않았다고 하면 거짓말이다. 가족에 대해서 지나칠 정도로 갈등도 했을 것이다.

그러고는 결국 평생 죽을 때까지 후회를 하면서 사느니 충성과 복수를 선택했다.

태감과 동창제독을 죽인 임오를 비롯한 금의위들은 반역죄로 몰릴 것이다.

그러므로 그들의 가족들 역시 멸문과 참화를 피하지 못할 터이다.

가족들까지 미처 생각하지 못했던 것이 아니라 가족들보다는 주군에 대한 충성과 복수가 우선이었기에 태감과 동창제독을 죽였지만 이제 와서 임오 등은 '가족은 어떻게 하겠느냐'는 물음에 그저 침묵할 따름이다.

화운룡은 부복한 채 몸을 떨고 있는 임오와 다섯 금의교위들을 굽어보면서 잠시 생각을 정리하다가 입을 열었다.

"아직 자네들에 대한 수배령이 내리지 않았다면 내가 손을 써서 잠시 늦춰보겠다."

임오와 다섯 명은 움찔 놀라서 일제히 고개를 들고 화운룡을 올려다보았다.

"지필묵을 가져오고 월아를 불러라."

화운룡이 무엇을 할 것인지 짐작할 수 있는 사람은 장하문뿐이다.

화운룡은 급히 쓴 서찰을 아월에게 주었다.

"광덕왕에게 전해라."

서찰에는 태감과 동창제독을 죽인 사람에 대한 수배령을 늦추거나 할 수만 있으면 수배 자체를 하지 말아달라고 간곡하게 부탁했다.

화운룡이 만났던 광덕왕 주헌결이라면 그 정도는 들어줄 수 있을 것이라고 생각했다.

아월은 자신에게 중요한 임무가 주어졌다는 사실이 기뻐서 얼굴이 환해졌다.

"은밀하게 전하고 곧장 돌아와라."

"그럴게요, 주인님."

아월은 대답하고 재빨리 방을 나갔다.

그녀는 여전히 서절신군의 제자 신분이니까 광덕왕부 출입이 자유로울 것이므로 위험하지 않을 것이다.

"하룡."

"말씀하십시오."

화운룡은 한쪽에 나란히 서 있는 임오와 다섯 금의교위들을 가리켰다.

"금의위들의 가족사항에 대해서 낱낱이 파악하여 모두 구출해서 배에 태워라."

"알겠습니다."

임오 등은 소스라치게 놀라서 눈을 크게 뜨고 입을 벌렸지만 아무 말도 하지 못했다.

임오가 놀라서 외쳤다.

"무, 문주! 무얼 하시려는 겁니까?"

화운룡이 조용히 대답했다.

"자네들 가족을 구하려는 걸세."

임오의 얼굴은 불신과 경악으로 물들었으며 다섯 명의 금의교위들도 마찬가지다.

"그게 가능합니까?"

화운룡이 태연하게 반문했다.

"설마 자네들은 집이 어딘지 모르거나 가족이 누군지 모르는 것은 아니겠지?"

"그… 건 아닙니다만……."

임오 등은 도무지 정신이 하나도 없는 얼굴이다.

"문주, 저희 가족들은……."

운설이 쨍하게 꾸짖었다.

"거두어달라는 놈들이 계속 문주, 문주 할 테냐?"

임오 등은 움찔 놀라서 급히 허리를 굽혔다.

"주군, 정말 저희 가족들을 구할 수 있습니까?"

이번에는 장하문이 꾸짖었다.

"주군이 아직 거두겠다는 말씀이 없으셨는데도 감히 주군이라고 부르다니, 무엄하지 않은가?"

"……."

임오 등은 움찔 놀라더니 얼굴빛이 흐려졌다. 어느 장단에 춤을 춰야 할지 알 수가 없다.

"저… 저희들은… 어찌해야 하는지……."

화운룡이 엄숙하게 말했다.

"웃어야지."

"네?"

임오 등이 어리둥절해서 어쩔 줄 모르는 것을 보고 화운룡 이하 모두들 유쾌한 웃음을 터뜨렸다.

"와하하하하!"

"아핫핫핫핫!"

화운룡이 장하문에게 물었다.

"얼마나 걸릴 것 같은가?"

"두 시진이면 될 것 같습니다."

"가족들을 모두 배에 태우는 것까지 말인가?"

"그렇습니다."

듣고 있는 임오 등은 도무지 제정신이 아니다.

금의위 오백 명의 집을 일일이 다 찾아내야 하고 가족까지 수천 명을 몇 명 단위로 이끌어서 배에 태우는 일이 어디 말 처럼 쉬운 일이라는 말인가.

그런데 그걸 두 시진 만에 해낸다니까, 임오 등은 그럴 리 는 없겠지만 화운룡이 지금 사기를 치는 것이 아닌가 하는 생 각마저 들었다.

화운룡이 임오에게 말했다.

"직계가족 외에 더 데려가고 싶은 사람이 있으면 몇 명이라도 상관이 없으니까 다 밝히라고 하게."

"그… 래도 됩니까?"

화운룡이 장하문에게 물었다.

"배 몇 척 띄우면 되겠나?"

"오백 명까지 태울 수 있는 상선 열 척이면 충분할 것 같습니다만."

화운룡이 임오에게 물었다.

"됐나?"

"아… 네……."

임오 등은 도무지 정신이 하나도 없다. 자신들의 생사는 물론이고 가족들에 대해서도 거의 포기하고 있었는데 가족들뿐만 아니라 친척과 지인들까지 다 살려서 데리고 갈 수 있다는 게 현실로 여겨지지 않았다.

장하문이 임오에게 말했다.

"갑시다."

"네? 어디로……."

"수하들이 있는 곳으로 가서 가족사항을 적어야 할 게 아니겠소? 총교위가 다 외우고 있다면 모를까."

"아……."

임오는 자신이 바보가 된 것만 같았다.

그러나 자신이 바보가 됐든 뭐가 됐든 한 가지만은 분명히 알 것 같았다.

저기 서서 빙그레 미소 짓고 있는 화운룡이 여태까지 임오가 생각했던 것보다 열 배, 아니, 백 배 이상 굉장한 인물이라는 사실이다.

드넓은 대전에 임오를 비롯한 수하 오백 명이 모여 있으며 천보장 대륙상단 사람 수십 명이 그들에게서 가족사항에 대해서 조사를 하고 있다.

그 광경을 보면서 아직도 어안이 벙벙한 임오가 장하문에게 물었다.

"저들은 누굽니까?"

"대륙상단 사람들이오."

임오는 이곳 천보장이 대륙상단 총단이라는 것까지만 알고 있는 상황이다.

"그들이 어째서……."

"이 일에 대륙상단 사람 천여 명이 투입될 것이오. 그들이 각자 금의위 가족들을 인솔하여 배로 향하고 다 모이면 즉시 출발할 것이오."

"도대체 대륙상단이 어째서……."

"대륙상단은 주군 소유요."

"......"

　임오는 눈을 껌뻑거렸다. 그는 정말이지 속된 말로 돌아버

릴 것만 같았다.

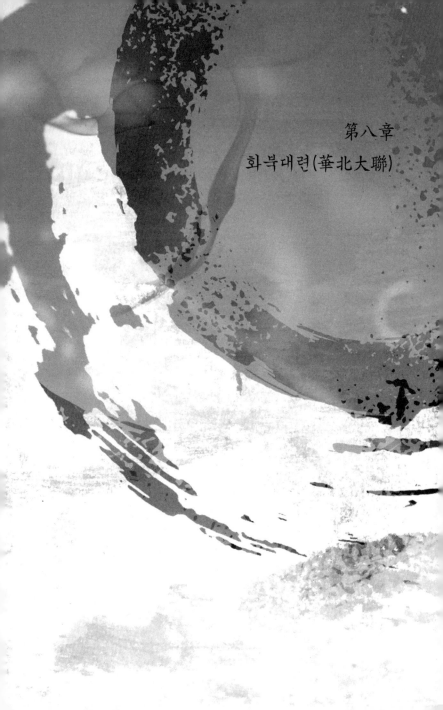

第八章

화북대련(華北大聯)

화운룡에게 두 가지 보고가 날아들었다.

하나는 임오를 비롯한 동창고수들과 가족들을 태운 일곱 척의 상선이 무사히 출발했다는 것이다.

그리고 또 하나는 북경 외곽을 수천 명의 고수들이 겹겹이 포위하고 있다는 사실이다.

장하문이 진중한 얼굴로 보고했다.

"포위하고 있는 고수들은 균천보와 하북팽가입니다."

명림이 의아한 얼굴로 물었다.

"균천보라면 최초에 춘추일패가 된 방파가 아닌가요?"

"그렇습니다. 현재 하북 무림의 칠 할은 균천보와 하북팽가가 장악한 상황입니다."

명림이 화운룡을 대신해서 물었다.

"얼마나 많은 고수들이 포위하고 있죠?"

"약 오천 명입니다."

"균천보와 하북팽가를 다 합쳐도 오천 명이 안 되는데 그렇다면 그들은 균천보와 하북팽가가 접수한 하북 무림의 방파와 문파의 고수들이겠군요."

명림의 예리함에 장하문은 뜻밖이라는 표정을 지었다.

"그렇습니다. 균천보와 하북팽가 고수는 삼백여 명밖에 안 되지만 나머지 전체가 그들에게 장악된 방파와 문파의 고수들입니다."

명림은 화운룡을 제대로 보필하려는 마음으로 요즘 들어 부쩍 무림 정세에 대해서 공부를 많이 하더니 이제는 우호법을 넘어서 화운룡의 장자방 역할을 하려 들었다.

"그들 뒤에는 천외신계가 있을 테고 그들이 잡으려는 것은 우리겠지요?"

"어제 주군과 좌우호법께서 하화지 근처에서 천외신계 고수 십여 명을 죽이시고 또 주군께서 십찰해 근처에서 이백여 명의 천외신계 서천문 고수들 포위망을 유유히 빠져나가신 것 때문인 것 같습니다."

"그들은 하화지와 십찰해에서의 일을 동일 인물이 한 것으로 보고 있다는 거겠죠?"

"그런 것 같습니다."

명림의 질문이 날카로워졌지만 장하문은 긴장하지도 막히지도 않고 대답했다.

명림이 아무리 똑똑해 봐야 장하문을 능가하지는 못한다는 것은 모두들 알고 있는 사실이다.

화운룡은 묵묵히 듣기만 했다.

"단지 그 정도 일 때문에 고수를 오천 명이나 동원했다는 것은 뭔가 이상하지 않은가요?"

"그렇습니다."

"장 군사의 생각을 말씀해 보세요."

운설은 잠시 동안 있었던 명림의 전혀 명림답지 않은 행동을 보고는 몹시 놀라서 눈을 크게 뜨고 그녀를 쳐다보았다. 운설이 보기에 명림은 우호법의 한계를 넘어서고 있었다.

"제 생각에 천외신계는 서절신군과 존서사왕의 실종을 의심하는 것 같습니다. 어쩌면 최종적으로 그들이 죽었다고 생각할지도 모릅니다."

명림이 예리하게 반박했다.

"그게 가능한 얘긴가요? 천외신계 내의 다섯 개 나라 오국(五國) 중에서 서천국을 관장하는 서초후 다음으로 높은 서절신군과 그 아래인 존서사왕이 대저 어떤 인물인데 그렇게 쉽게 죽었을 것이라고 결론을 내리겠어요?"

"그것은……."

이 부분에서 장하문은 드디어 말문이 막히고 말았다.

운설은 아예 얼이 빠졌고 화운룡은 호오! 하고 감탄의 표정을 지었다.

장하문이 막히자 명림이 결론을 내렸다.

"내 생각이지만 저들이 상대하려는 것은 우리이기는 하지만 비룡은월문인 것 같아요."

전자의 '우리'와 후자의 '우리'는 명백한 차이가 있다.

전자의 경우 천외신계는 정체를 모르고 있지만, 후자의 경우에는 비룡은월문이라고 정확하게 알고 있다는 차이다.

장하문은 움찔하는 얼굴로 명림을 응시하다가 힘없이 고개를 끄떡였다.

"그렇겠군요."

그는 자신의 불찰을 솔직하게 인정했다.

"거기까지는 생각하지 못했습니다."

운설이나 당평원 등 모여 있는 검대주들은 아직도 상황 파악이 되지 않았다.

명림과 장하문의 대화가 예상보다 멀리, 그리고 빠르게 진전됐기 때문이다.

"무슨 말이지? 천외신계가 서절신군과 존서사왕의 실종이나 그를 죽였을 것이라고 짐작하는 인물을 잡으려는 게 아니라는 말이야?"

"그렇습니다. 저는 서절신군과 존서사왕의 존재를 지나치게 과소평가했습니다."

화운룡이 처음으로 고개를 끄떡이면서 말했다.

"내가 서절신군과 일대일로 싸웠다면 꽤나 애를 먹었을 게야. 명림이 아니었으면 광덕왕부에서 곤란해졌겠지."

명림이 말을 이었다.

"결론적으로 천외신계는 서절신군과 존서사왕이 죽었을 것이라고 생각하지 않는다는 점이에요."

그녀는 자신의 분석을 설명했다.

"천외신계는 본 문이 북경에 들어와 있다는 사실을 이미 알고 있는 것이 분명해요. 그래서 우리를 잡으려는 거예요."

운설이 물었다.

"언니, 천외신계가 그걸 어떻게 알아낸 거죠?"

"동창고수들의 배후를 캐면서 알게 됐을 거야."

"아……."

혈영단을 운영했던 운설도 총명하기에 명림이 무슨 말을 하는지 즉시 알아차렸다.

그때 화운룡이 바로잡아 주었다.

"원인보다는 방법에 치중하라."

천외신계가 무엇 때문에 포위망을 쳤는지는 중요하지 않으니까 빠져나갈 방법을 강구하라는 뜻이다.

*   *   *

북경 외곽.

한 대의 사두마차가 서 있으며 한 사람은 마차 옆에 시립하듯이 서 있다.

마차는 화려하지 않지만 사두마차이기 때문에 매우 크고 검은색이며 창문은 있지만 굳게 닫혀 있다.

땅에 서 있는 사람이 마차의 닫혀 있는 창을 향해서 몹시 공손히 말했다.

"여황 폐하, 어디로 가십니까?"

마차 안에서 조용한 여자의 목소리가 흘러나왔다.

"항주로 가볼 생각이다."

마부석에는 젊은 일남일녀가 꼿꼿한 자세로 앉아 있다.

날개를 활짝 펼친 커다란 독수리가 수놓아진 홍의장삼을 입은 인물은 공손히 허리를 굽혔다.

"즐거운 여행이 되시기를 바라옵니다."

"서초, 하는 일은 잘 되고 있느냐?"

"잘 진행되고 있습니다. 여황 폐하께서 돌아오실 때쯤이면 마무리가 될 것 같습니다."

잠시 침묵이 흐르다가 마차 안에서 나직하며 짧은 목소리가 흘러나왔다.

"가자."

마부석의 청년이 고삐를 슬쩍 흔들었다.

"이랏!"

드드득……

사두마차의 바퀴가 육중하게 구르자 서초라고 불린 홍의장삼인은 더욱 깊숙하게 허리를 굽혔다.

우두두두……

그는 마차가 시야에서 완전히 사라질 때까지 그 자세를 유지하고 있었다.

*   *   *

자정을 반시진 남겨둔 시각.

화운룡이 출발 준비를 하고 있을 때 급보가 날아들었다.

천외신계가 동창고수들과 그 가족들이 탄 상선들을 추격하고 있다는 것이다.

"추격자가 누군가?"

"개방이 보낸 서찰에 의하면 태청방(太淸幇)과 신해문(新海門), 황룡문(黃龍門) 세 방파의 천칠백 명이라고 합니다."

세 방파 모두 하북 무림에 적을 두고 있다. 그들은 균천보와 하북팽가에게 접수된 것이 분명하다.

그중에서도 신해문은 하북의 커다란 세 개의 강인 영정하(永定河)와 대청하(大淸河), 자아하(子牙河)가 합쳐지면서 만들어진 바다처럼 거대한 해하(海河)가 시작되는 곳이며 또 북경대운하의 시발점인 천진(天津)에 자리를 잡고 있는 문파다.

또한 신해문은 제법 굵직한 상단을 운영하고 있기에 수십 척의 상선들을 보유하고 있다.

그러므로 신해문의 상선을 타고 동창고수들과 가족들을 추격하고 있는 것 같다.

"북경 외곽의 포위망은 여전한가?"

"그렇습니다."

그렇다면 천외신계는 비룡은월문을 정조준하고 있는 것이 분명해졌다.

"하룡, 어떻게 해야 하는가?"

화운룡의 물음에 장하문은 미간을 좁혔다.

"우선 두 가지는 분명합니다. 첫째, 천외신계는 우리가 어디에 은신해 있는지 모른다는 것이며, 둘째, 현 시점에서 우리가 포위망의 한쪽을 뚫고 도주하는 것은 추격대를 따라오게 만들기 때문에 곤란하다는 사실입니다. 하지만 방법은 그것밖에 없습니다."

화운룡은 고개를 끄떡였다.

"그건 옳다."

화운룡이 광덕왕부에 갔을 때 천외신계 비찰림 제칠로주 와둔이 서절신군에게 보고하기를, 동창고수들에게 천리추향을 묻혀놓았기 때문에 추적이 가능하다고 했다.

그렇게 그들이 북경에 돌아온 사실을 알게 되었고 조만간 그들이 북경 어느 곳에 있는지도 알게 될 것이라고 장담한 일이 있었다.

화운룡은 광덕왕 주헌걸을 만난 이후 천보장에 돌아와서 즉시 동창고수들의 옷이나 몸에 묻어 있는 천리추향을 완전히 없애도록 지시했다.

그 조치가 신속했기 때문에 비찰림 제칠로주 와둔은 동창고수들의 은신처를 알아내지 못했을 것이다.

알아냈다면 천외신계가 북경 외곽에 포위망을 치는 일 따위는 하지 않고 천보장을 직접 공격했을 것이다.

장하문이 심각한 얼굴로 말을 이었다.

"그렇지만 언제까지 우리가 이곳에 있을 수는 없습니다. 그리고 동창고수와 가족들을 구해야 합니다."

그리고 긴 침묵이 흘렀다.

＊　　　　　＊　　　　　＊

화북대련(華北大聯)은 화북 무림을 천외신계로부터 지키려는 방파와 문파, 그리고 무림인들이 결성한 비밀결사다.

화북(華北) 지방은 예부터 이어져 내려온 오래된 명칭으로 황하 중류와 하류 일대를 일컬으며 하북성과 산동성, 산서성, 열하성이 여기에 속해 있다.

그러니까 화북대련은 이 네 개 성에서 천외신계에 저항하는 방파와 문파, 무림인들이 결성해서 만든 조직이다.

하지만 이름만큼 거창하지는 않으며 천외신계에 이미 장악됐거나 장악되지 않았지만 풍전등화 형편에 놓인 방파와 문파, 무림인 소수가 모였으므로 아직은 미약하다.

전학(全鶴)은 춘추구패인 균천보 보주의 장남으로 나이 삼십이 세이며 화북대련을 최초로 조직한 십여 명 중에서도 핵심 인물이다.

그는 어렸을 때부터 균천보가 화북 무림을 통틀어서 제일의 대방파이며 명문이라는 사실을 배우면서 크나큰 자부심을 안고 성장했다.

그러나 이십 세 때 정식으로 균천보의 후계자로 지명되면서 부터 자신이 그토록 긍지를 안고 있던 균천보의 실체에 대해서 차츰차츰 알게 되었다.

균천보가 이미 오래전부터 전설의 삼천계 중에 세외세력인 천외신계에게 장악되어 앞잡이 노릇을 해오고 있었다는 충격적인 사실이었다.

그래서 전학은 틈날 때마다 부친 균천신창(鈞天神槍) 전호척(全浩戚)에게 제발 천외신계와 인연을 끊고 이제부터라도 무림을 위해서 헌신하자고 눈물로 간원한 적이 헤아릴 수 없을 정도로 많았다.

그러나 그럴 때마다 부친은 전학의 간원을 들어볼 가치도 없다는 듯 거기에 대해서는 대꾸도 하지 않았으며 오히려 더 이상 그 문제를 거론하면 후계자의 자리를 박탈함은 물론 가문에서 축출하겠다고 엄포를 놓았다.

그때부터 전학은 입을 다물었다. 균천보 후계자 자리와 가문에서 축출당하는 것이 두려워서가 아니라 부친에게 아무리 사정을 해봐야 소용이 없다는 사실을 깨달았기 때문이다.

천외신계 앞잡이 노릇을 하는 균천보와 가문 따위에서는 그 스스로 도망치고 싶을 정도였지만 꾹 눌러 참았다. 기다리면서 참고 있노라면 알 수 없는 미지의 기회 같은 것이 올 것이라고 믿었다.

균천보를 떠나서 떠돌이 생활을 한다면 그런 기회가 찾아오는 것을 알아차리기도 어려울뿐더러 기회가 찾아오더라도 천외신계에 대적하기가 어려울 것이라는 판단에서였다.

그리고 몇 달 전 천외신계에서는 천신대계라고 부르는 천마혈계가 마침내 발동되었다.

균천보는 기다렸다는 듯이 앞장서서 하북 무림을 넘어서 화북 전역의 방파와 문파들을 회유하거나 아니면 강압적으로 접수하기 시작했다.

전학은 겉으로는 부친을 도우는 체했지만 내심으로 눈물을 삼켜야만 했다.

화북의 명문대파인 균천보가 중원을 집어삼키려는 전설의 천외신계에 대적하지는 못할지언정 앞잡이 노릇을 하면서 중원 무림의 동포들을 가차 없이 주살하는 광경을 보고 있자니 열혈 사내인 전학은 스스로 천령혈을 박살 내서 자결을 하고 싶은 심정이었다.

그래서 화북대련의 결성은 지극히 자연스럽게 진행됐다.

전학 같은 뜨거운 피를 갖고 있는 사람들이 의외로 많다는 사실을 알게 되었던 것이다.

"그게 정말이냐?"

방금 들은 말 때문에 전학은 놀라서 바로 아래의 동생 전충(全忠)에게 다그치듯 물었다.

형 전학의 뜻을 전적으로 지지하기에 화북대련에 가입한 둘째 동생 전충은 크게 고개를 끄떡였다.

"그렇습니다, 형님. 우리가 상대하고 있는 적이 비룡은월문이 분명하답니다. 천외신계 고수들 대화를 엿들은 것이니까 틀리지 않을 겁니다."

전학은 망연자실했다.

"맙소사. 무림정의문(武林正義門) 중에서도 단연 최고봉인 비룡은월문이라니……."

전학은 균천보 고수 이백 명을 이끌고 북경 외곽 남쪽에 나와 있는 상황이다.

전충이 목소리를 낮추었다.

"광덕왕이 황궁고수 오백 명과 동창고수 오백 명, 군사 삼만으로 비룡은월문을 괴멸시키려고 보냈는데 비룡공자가 역으로 광덕왕을 죽이겠다고 북진했다는 겁니다."

전학만이 아니라 함께 있는 셋째 동생 전걸(全傑)도 크게 감탄하여 저절로 탄성이 터졌다.

"오오! 과연 비룡공자다……!"

"굉장하군요. 비룡공자."

지금 이들 삼형제는 본진에서 떨어진 숲속 은밀한 장소에서 대화를 나누고 있는 중이다.

"그래서 어찌 되었느냐?"

"비룡공자가 문파의 고수들을 이끌고 북진하는 도중에 황궁고수 오백 명을 깡그리 도륙하고 이어서 동창고수 오백 명을 회유하여 북경으로 되돌려 보냈다는 겁니다."

전학과 전걸은 지금 어떤 처지인지도 망각한 채 비룡공자의 무용담에 흠뻑 빠졌다.

"비룡공자가 광덕왕을 죽였는지 어쩐지는 알 수 없는데 어젯밤에 황궁의 태감과 동창제독이 암살당했습니다."

"태감과 동창제독이?"

"동창고수들의 반란이라는 소문이 무성합니다."

"과연……."

전학은 크게 고개를 끄떡이면서 감탄했다.

"본 보는 영광스럽게 무림 최초로 춘추일패가 됐으면서도 천외신계의 앞잡이 노릇을 하고 있거늘 가장 늦게 춘추구패에 합류한 비룡은월문의 활약은 실로 눈부시구나."

셋째 전걸이 궁금한 듯 중얼거렸다.

"광덕왕이 어째서 비룡은월문을 괴멸시키려고 하는 걸까요?"

둘째 전충이 고개를 가로저었다.

"그 이유는 모르지만 통천방이 비룡은월문을 공격하려던 것도 광덕왕하고 연관이 있을 것이라는 소문이야."

"어쨌든 비룡은월문은 굉장합니다. 모산파와 황산파에 이어서 통천방까지 파죽지세로 짓밟아 버리고는 이제 광덕왕까지 죽이겠다고 북경에 왔으니까 말입니다……!"

전학이 몹시 진중한 표정을 지으며 뭔가 생각하는 듯한 표정이어서 전충과 전걸은 입을 다물고 맏형을 지켜보았다.

숲 안쪽에서 밤새가 푸드덕거리는 소리가 들렸다.

꽤 오랜 시간이 지난 후에야 전학은 생각을 끝내고 차분한 목소리로 말했다.

"자세한 내용은 모르겠지만 비룡은월문은 천외신계하고 암암리에 싸우고 있었던 게 분명한 것 같다."

"왜 그렇게 생각합니까?"

"그렇지 않다면 천외신계가 무엇 때문에 북경 외곽을 겹겹이 포위하여 비룡은월문을 포살하려고 하겠느냐?"

"정말 그렇군요."

전학은 잔뜩 미간을 좁혔다.

"이대로 있다가는 비룡은월문이 위험하다. 비룡공자 같은 천하에 다시없을 의협인을 천외신계에 죽도록 내버려 둘 수는 없다."

"어떻게 합니까?"

"우리가 비룡공자를 돕고 싶다고 해도 그가 어디에 있는지 모르잖습니까?"

"방법이 있다."

그때 근처에서 부스럭거리는 소리가 나자 모두들 입을 다물고 긴장한 얼굴로 그쪽을 쳐다보았다.

"오라버니들, 어디에 있나요?"

그러더니 속삭이듯 나직한 여자 목소리가 들리자 전씨 삼형제의 긴장됐던 얼굴이 풀렸다.

전걸이 한쪽을 보며 조용히 말했다.

"여기다. 송(松)아."

곧 장내에 전씨 사남매의 막내이며 유일한 여자인 십팔 세 전송(全松)이 나타났다.

"한참 찾았어요."

"무슨 일이 있느냐?"

우락부락한 오빠들하고는 달리 어린 몸매에 살결이 희고 결이 고운 전송은 큰오빠 전학에게 다가왔다.

"대가, 태청방과 신해문, 황룡문이 고수들을 이끌고 어디론가 배를 타고 떠났다는 소문이 돌고 있어요."

전충이 심각한 얼굴로 말했다.

"그들은 본 보에 접수된 방파들입니다."

전씨 삼형제는 자신들이 비룡은월문에 대해서 대화를 나누고 있었으므로 태청방과 신해문, 황룡문이 고수들을 이끌고 떠난 것이 비룡은월문과 관계가 있을 것이라고 추측했다.

"어디로 갔다더냐?"

"신해문의 배 여러 척에 나누어 타고서 경항운하(京杭運河)를 따라 남하하고 있는 중이래요."

경항운하는 북경의 '경'과 항주의 '항'을 딴 이름이며 북경에서 절강성 항주까지 내륙을 관통하는 대운하를 가리킨다.

경항운하는 항주 조금 못 미쳐서 태주현 서쪽을 지난다.

전학은 고개를 모로 꼬았다.

"비룡은월문은 북경 성내에 있는 것 같은데 그들은 어째서 배를 타고 남하하고 있는 것이지?"

사남매가 머리를 짜냈지만 아무런 소득이 없자 삼남 전걸이 전학을 재촉했다.

"큰형님, 좀 전에 비룡공자를 도울 방법이 있다고 했는데 그게 뭡니까?"

북경 성내의 만경루에 균천보의 막내 전송이 나타났다.

밤늦은 시각이라서 주루는 한가한데 전송은 점소이에게 책임자를 만나고 싶다고 말했다.

만경루의 점소이는 일반 주루의 점소이하고는 수준이 다르다.

무림인이며 일류고수 수준이고 비응신 소속이다.

"무슨 용무입니까?"

전송이 무림인이 아닌 것처럼 여염집 소녀 같은 복장이지만 점소이는 그녀가 무림인이며 신분이 누구라는 사실까지 한눈에 알아보고 정중하게 물었다.

전송은 태연한 척하지만 초조함이 두 눈에 가득했다.

"책임자를 만나서 직접 말씀드릴 일이에요."

"이리 오십시오."

점소이는 이 층의 손님들이 이용하는 평범한 방으로 전송을 데리고 갔다.

"이제 용무를 말하십시오."

이십 대 중반의 점소이는 정중함을 잃지 않고 요구했다.

전송이 맡은 임무는 매우 중요해서 한낱 점소이에게는 밝힐 수가 없다.

"내게 말해야지만 총관께 보고할 것인지 말 것인지를 판단할 것입니다."

점소이가 너무 완고해서 전송은 어쩔 수 없다고 생각하여 조심스럽게 얘기를 꺼냈다.

"부탁할 게 있어요."

"무엇입니까?"

전송은 더욱 조심스러운 표정을 지었다.

"여기가 비응신이죠?"

점소이는 대답하지 않고 그녀를 응시하기만 했다.

전송은 몇 번이나 망설이다가 겨우 입을 열었다.

"비룡공자에게 전할 말이 있어요."

순간 점소이의 눈이 조금 커지는 것을 전송은 놓치지 않았다.

점소이는 비로소 전송이 비응신에 청부를 하러 왔다는 사실을 인정했다.

"앉아서 기다리십시오."

점소이가 앉아서 기다리라고 했지만 초조함이 극에 달한 전송은 앉지 못하고 실내를 오락가락 서성거렸다.

그녀의 큰오빠 전학은 비룡공자를 돕고 싶은 마음이 너무도 간절했다.

당금 무림에서는 비룡공자의 혁혁한 여러 무용담들에 대해서 모르는 사람이 거의 없다.

특히 젊은 층에서는 비룡공자에 대해서 많이 알고 있는 사람일수록 화젯거리가 많아 매력이 있고 인기가 높을 정도다.

더구나 비룡공자가 천하제일미남이라는 사실까지 덧붙여지자 여자들에게 폭발적인 지지를 얻게 되었다.

한마디로 비룡공자는 당금 무림에서 최고로 뜨거운, 젊은 층의 우상인 것이다.

전학이 비룡공자를 돕기 위해서 생각해 낸 방법은 비응신에 전송을 보내는 것이었다.

비응신은 청부자가 원하는 사람, 혹은 장소를 정확하게 찾

아내서 가장 빠르게 물건이나 사람, 서찰을 전달하는 것으로
유명하여 천하백파에 들었을 정도다.

전학은 비응신이라면 막내 여동생 전송을 비룡공자에게 보
내줄 것이라고 믿었다.

전송이 일다경쯤 기다렸을 때 문이 열렸다.

척!

"아……."

바싹 긴장하고 있던 전송은 자신도 모르게 나직한 탄성을
터뜨리며 문을 쳐다보았다.

화운룡은 오랜 생각과 의논 끝에 북경 외곽에 쳐진 포위망
을 뚫는 것으로 결론을 내렸다.

지금으로썬 그것 말고는 방법이 전혀 없다. 포위망을 돌파
하여 뚫고 전속력으로 남하하는 것인데 아군의 어느 정도 피
해를 각오해야만 할 것이다.

그 방법을 선택한 중요한 이유가 따로 있는데 동창고수들과
그들의 가족들을 구하려는 것이다.

그대로 놔두면 동창고수들과 가족들이 배에 탄 상태에서
급습을 당하여 몰살당할 가능성이 매우 높다.

태청방과 신해문, 황룡문 고수가 천칠백여 명이나 된다는데
동창고수들이 아무리 일류고수 이상의 실력이라고는 하지만

천칠백여 명을 상대로는 힘에 부친다.

더구나 동창고수들은 일곱 척의 배에 타고 있는 이천삼백 여 명이나 되는 가족들의 생사를 책임져야 하기 때문에 싸움을 제대로 하지 못할 것이다.

동창고수들을 거둔 사람은 화운룡이고 그들에게 가족들을 데리고 배로 남하하라고 지시한 사람도 화운룡이다.

그렇기에 그들이 몰살당한다면 순전히 화운룡 때문에 빚어지는 비극일 터이다.

그는 선의로써 동창고수들과 가족들을 거두었지만 때로는 선의가 악의적인 결말로 이어지는 경우가 비일비재하다.

화운룡으로서는 무조건 그들을 구해야만 한다. 그는 비룡은월문 고수들을 이끌고 북경 외곽의 포위망을 돌파하여 동창고수들과 가족들을 구한다는 계획이다.

비룡은월문 천오백여 명 고수들이 출발 준비를 마치는 데 반시진 정도 소요되는 탓에, 화운룡과 측근들은 차를 마시면서 기다리고 있는 중이다.

장하문은 총대주 당평원을 비롯한 각 검대주들과 함께 포위망을 어떻게 돌파할지에 대해서 작전을 상의하고 있었다.

그때 문이 열리고 뜻밖에도 홍예가 들어왔다.

"용랑, 저 왔어요."

홍예는 수하인 건곤쌍쾌 수란, 도범과 함께 부모가 있는 만경루에 가 있다가 온 것이다.

"왜 왔느냐?"

포위망을 뚫고 남하하다 보면 위험할 수도 있기 때문에 일부러 홍예와 건곤쌍쾌를 부르지 않았다.

"어서 가라."

화운룡이 냉정하게 말하자 홍예는 입술을 삐죽거리며 가까이 다가왔다.

"제가 죽어도 용랑 곁에 있어야지 어딜 가겠어요?"

미래에 오십칠 년씩이나 화운룡 곁에서 그림자처럼 지내며 애인 노릇을 했던 홍예는 사람들 눈을 의식하지 않고 하고 싶은 말을 거침없이 내뱉었다.

미래에 화운룡의 마누라처럼 살았던 운설조차도 홍예를 인정하는 처지라면 말 다한 것이 아니겠는가.

"용랑을 만나고 싶다는 사람이 있어서 데리고 왔어요."

홍예가 문을 가리키면서 말하자 수란과 도범이 풋내 나는 어린 소녀 전송을 데리고 들어왔다.

수란이 전송을 화운룡 앞으로 데리고 왔다.

전송은 화운룡 세 걸음 앞에 서서 그를 보는 순간 그가 비룡공자라는 사실을 깨닫고 심장에 창이 꽂힌 것 같은 날카로운 충격을 받았다.

그가 비룡공자라고 누가 가르쳐 주지 않았어도 전송은 한

눈에 그를 알아보았다.

그녀는 비룡공자가 천하제일미남이라는 소문은 들었지만 그 말을 곧이곧대로는 믿지 않았었는데, 그를 불과 세 걸음 면전에서 직접 보고 심장에 보이지 않는 창이 깊이 꽂히고서야 실감이 났다.

화운룡이 전송을 보며 부드럽게 미소 지었다.

"낭자는 누구지?"

"저… 저는……."

화운룡이 묻자 전송은 크게 당황하여 얼굴이 빨개지고 머릿속이 하얘져서 아무 생각도 나지 않았다.

화운룡은 처음 보는 소녀가 크게 당황하는 걸 보고 손을 뻗어 그녀의 손목을 가볍게 잡았다.

"아……."

전송이 깜짝 놀라는데 손목을 통해서 부드러운 진기가 물 흐르듯이 주입되는 것을 느끼고 더욱 놀랐다.

그런데 진기가 주입되자 놀랍게도 당황함이나 놀라움이 스르르 가라앉고 가슴이 빠르게 진정됐다.

그제야 전송은 화운룡이 진기를 주입하여 당황하는 자신을 진정시켰다는 사실을 깨닫고는 크게 감동을 받았다.

화운룡은 전송이 누군지 모르지만 홍예가 데리고 왔다면 미상불 비응신을 통해서일 것이니 평범한 일은 아닐 것이라고 짐작했다.

화운룡은 이왕 전송의 손목을 잡은 김에 그녀를 옆의 의자로 이끌었다.

"여기 앉아서 얘기합시다."

전송은 화운룡 얼굴에서 시선을 떼지 못한 채 정신이 반쯤 나간 얼굴이다.

화운룡 측근들은 이런 상황을 자주 목격했기 때문에 빙그레 미소만 짓고 있다.

화운룡은 마냥 기다리고 있을 수만은 없어서 조용한 목소리로 말문을 열었다.

"내게 할 말이 있소?"

"아……."

전송은 정신을 차리려고 애쓰는 듯 눈을 깜빡거리고 심호흡을 하더니 갑자기 발딱 일어나서 포권지례를 취했다.

"소녀는 균천보의 전송이라고 해요. 올해 열여덟 살이고 균천보주의 막내딸이에요."

나이까지는 말할 필요가 없지만 어쨌든 그녀가 균천보주의 막내딸이라는 사실에 다들 적잖이 놀랐다.

균천보는 춘추구패의 한 방파이며 천외신계가 천마혈계를 발동하자 가장 앞서서 화북 무림의 방파와 문파들을 마구 짓밟고 있었다.

그런데 그 균천보의 보주 막내딸이 느닷없이 화운룡을 찾아온 것이다.

그녀가 놀러왔을 리는 없다. 그녀가 홀몸으로 화운룡을 찾아왔다면 필경 중요한 일 때문일 것이다.

바짝 긴장한 전송은 품속에서 서찰을 꺼내 가늘게 떨리는 손으로 화운룡에게 내밀었다.

"이것을 읽어주세요."

화운룡은 서찰을 받아 펼쳤다.

한 장짜리 서찰에는 작은 글씨가 빼곡하게 적혀 있었다.

서찰은 전학이 직접 급히 휘갈겨 쓴 것이다.

우선 화북대련이라는 비밀결사에 대해서 설명을 했으며, 자신과 동생들, 그리고 몇몇 방파와 문파에서 뜻을 같이하는 사람들이 거기에 속해 있다고 했다.

또한 화북대련 사람들은 천외신계가 중원 도발을 한 것에 맞서서 오로지 무림 정의와 평화를 위하여 생사를 도외시했으며 평소 매우 존경하는 비룡공자를 도울 수 있다면 크나큰 영광이라고도 적었다.

그러면서 마지막에는 지정한 어느 장소의 포위망을 열어놓을 테니 그곳으로 탈출하라면서 시각과 장소에 대한 자세한 설명으로 끝을 맺었다.

화운룡은 전혀 뜻밖의 서찰을 받고 적잖이 놀랐다.

서찰에 적힌 대로만 한다면 비룡은월문은 추호의 피해도 없이 북경을 빠져나가 전력으로 달려서 동창고수들과 가족들을 구할 수가 있을 터이다.

화운룡은 서찰을 장하문에게 주었고 그는 일어나서 모두들을 수 있도록 읽었다.

모두들 서찰의 내용을 듣고 크게 놀랐지만 서찰을 보낸 전학의 의도를 의심하지는 않았다.

왜냐하면 그가 자신의 친여동생을 이곳으로 보내서 그녀를 인질로 삼으라는 무언의 뜻을 알았기 때문이다.

문제는 전학이 제시한 것처럼 확실하게 포위망을 열어놓을 수 있느냐는 사실이다.

전학이 비룡공자를 존경하는 마음에 선의로써 이런 계획을 제공했으나 세상일이라는 것은 왕왕 잘못되는 경우가 허다하기 때문이다.

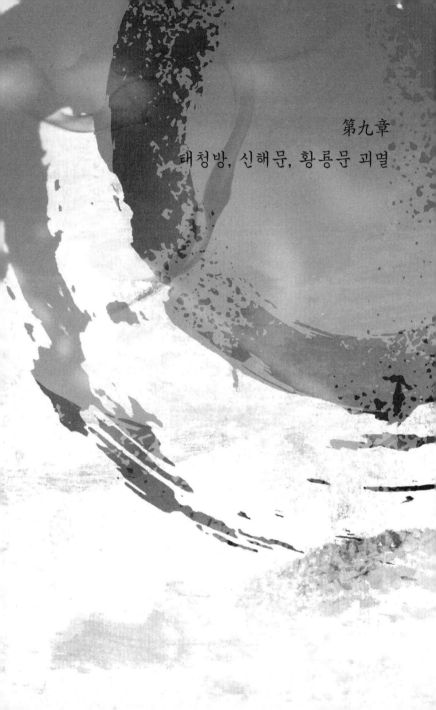

第九章
태청방, 신해문, 황룡문 괴멸

결론적으로 화운룡은 전학의 작전대로 움직였다.

전학을 완전하게 믿는다는 전제하에 성공하면 추호의 피해 없이 포위망을 벗어날 수 있을 테고 실패한다면 공격해서 뚫으면 될 일이기 때문이다.

실패라는 것은 전학이 포위망을 완벽하게 벗겨놓지 못했을 경우에 발생할 것이다.

그런데 전학은 영리하게 서쪽 포위망을 열어놓았다. 그가 어떤 방법으로 포위망을 열어놓았는지는 중요하지 않다.

포위망은 북경성의 다른 방향에 비해서 남쪽이 세 배 이상

두터웠다.

비룡은월문이 남쪽인 태주현으로 갈 것이라고 예상하기 때문일 것이다.

전학이 포위망을 열었다고 해서 성문을 활짝 열어놓는 바보 같은 짓을 하진 않았다.

북경성의 서문(西門)인 부성문(阜城門)에서 남쪽 백오십여 장 거리의 성벽을 넘도록 했다.

성벽의 높이는 삼 장 정도라서 비룡은월문 검수들이 넘는 것은 전혀 문제가 되지 않았다.

균천보와 하북팽가에게 장악된 방파와 문파의 고수들이 북경 성내 곳곳을 지키거나 순찰을 돌고 있었으나, 성내가 워낙 넓고 방대한 데다 고수들이 건성으로 움직이고 있어서 비룡은월문 검수들이 천보장에서 나와 그들을 피해서 서쪽의 성벽까지 가는 일도 문제 될 일이 없었다.

비룡은월문 천오백여 검수들은 평소에 워낙 완벽하게 훈련되었기에 백여 명이 움직이는 것보다 더 신속하고 기척 없이 행동했다.

북경성 성벽 서쪽 바깥의 월단(月壇) 근처에 마지막으로 성벽을 넘은 화운룡과 장하문, 운설, 명림, 전송이 다가갔다.

기다리고 있던 전학 삼형제가 월단 옆에 서 있다가 가까이

다가오며 환한 표정을 지었다.

삼형제는 한눈에 비룡공자 화운룡을 알아보고 앞으로 다가와 일제히 포권을 했다.

"전씨 삼형제가 비룡공자를 뵈옵니다."

일행 중에서 단연 눈에 띄는 화운룡을 알아보지 못한다면 그야말로 장님이다.

화운룡은 마주 포권했다.

"화운룡이오."

전씨 삼형제는 화운룡이 자신들보다 나이가 어린데도 무림의 대협을 대하는 것처럼 깍듯하게 예의를 갖추었다.

비룡공자라는 대명은 충분히 그러고도 남을 명성과 위력을 지녔다.

비룡공자는 쟁쟁한 명성도 명성이거니와 직접 대면을 하니까 그의 헌앙한 모습으로 가히 영웅 중에 영웅이라는 사실을 한눈에 알아볼 수 있었다.

전씨 삼형제는 얼굴 가득 존경과 흠모의 표정을 담고 화운룡을 바라보느라 여념이 없다.

화운룡이 의젓하게 말문을 열었다.

"우리에게 길을 열어주어 고맙소."

전학이 쥐구멍에라도 들어가고 싶다는 표정을 지으면서 황급히 손을 저었다.

"그러지 마십시오. 균천보가 천외신계의 앞잡이가 된 사실이 수치스러워서 죽고 싶은 심정입니다."

둘째 전충이 의아한 얼굴로 물었다.

"그런데 비룡은월문 고수가 백여 명뿐입니까?"

장하문이 대답했다.

"그보다 열 배 이상 많소."

"그러면 아직 성안에 있습니까?"

"아니오. 다 나왔소."

전충이 의아함을 감추지 못하고 물었다.

"그렇다면 이곳이 아닌 다른 곳으로 나왔군요?"

장하문은 이번에도 고개를 가로저었다.

"아니오. 모두 이곳을 통해서 나왔소."

삼형제는 서로의 얼굴을 쳐다보며 어이없는 표정을 지었다.

그들은 꽤 오래전부터 월단 옆에서 기다리고 있다가 비룡은월문 검수들이 성벽 안에 도착했다는 사실을 알고, 성벽을 넘어도 좋다는 신호를 보낸 이후 그들이 다 넘어오도록 줄곧 지켜보고 있었다.

그렇게 비룡은월문 고수가 성벽 밖으로 나와 어둠 속으로 사라지는 것을 백여 명쯤 세고 있을 때 화운룡 일행이 나타났던 것이다.

어리둥절한 전씨 삼형제에게 장하문이 엷은 미소를 지으면서 설명했다.

"본 문의 검수 천오백여 명이 모두 성 밖으로 나간 것이 분명하오. 우리가 마지막으로 나왔소."

"천오백 명이라니……."

삼형제는 아연실색하여 할 말을 잃고 말았다. 눈앞에서 천오백 명이 나갔는데 자신들은 백여 명 밖에 세지 못했으니 기가 막힐 일이다.

전학이 화운룡에게 정중히 포권을 해 보였다.

"잠시 시간을 내줄 수 있겠습니까?"

그는 화운룡에게 궁금한 것이 너무 많았다.

셋째 전걸이 북경성 서쪽 월단 쪽의 포위망을 원래대로 돌려놓는 동안 화운룡과 전학 등은 그곳에서 십여 리쯤 떨어진 영정하 강변에 도착했다.

여기까지 경공을 전개해서 천천히 달려오는 동안 장하문은 전학과 전충, 그리고 전송에게 놀라운 사실 몇 가지를 설명해 주었다.

장하문이 설명해 준 것들은 전학 남매가 하나도 모르고 있던 내용들뿐이었다.

대명의 황제가 이미 독살되었으며 다음 대 황제로 광덕왕이 오를 것이라는 사실.

화운룡이 비룡은월문에 정현왕을 모시고 있기에 광덕왕이 그토록 비룡은월문을 괴멸시키려고 했었다는 것.

또한 화운룡이 광덕왕과 담판을 지어서 다시는 비룡은월문을 공격하지 않겠다는 약속을 받아냈다는 것.

그런 이유로 비룡은월문이 북경에 입성했기에 그 사실을 알아낸 천외신계가 북경 외곽에 포위망을 쳤다는 것 등이다.

강변에 선 장하문이 유유히 흐르는 영정하를 응시하면서 가라앉은 목소리로 말했다.

"천외신계의 앞잡이 노릇을 하는 곳은 균천보와 하북팽가 뿐만이 아니오."

전학이 장하문 옆에 서서 강을 바라보는 화운룡을 착잡한 얼굴로 쳐다보며 물었다.

"이제 우리는 어찌해야 하는지 가르침을 주십시오."

화운룡이 조용히 말했다.

"구림육파를 찾아가시오."

전학의 얼굴이 흐려졌다.

"구림육파라는 것이 결성됐다는 소문은 어렴풋이 들었지만 자세히 모릅니다. 그게 무엇입니까?"

비밀리에 결성된 구림육파에 대한 거의 모든 사항이 비밀에 가려져 있으니 전학 등이 모르고 있는 것이 당연했다.

장하문이 대신 설명했다.

"구파일방도 거의 대부분 천외신계에 장악됐소. 그래서 소림을 위시한 다섯 개 문파와 개방이 본산(本山)을 버리고 무림으로 나와서 무림맹을 발족시켰소. 물론 천외신계 척멸을 위해서요. 그 무림맹이 구림육파요."

"오오… 그런 일이!"

전학 남매는 처음 듣는 반가운 소식에 희색이 만면했다.

"구림육파와 연결시켜 주겠소. 그들과 힘을 합쳐 천외신계를 상대하시오."

전학 남매는 무림의 태산북두인 소림을 위시한 여섯 개 문파들과 연계할 수 있다는 말에 희망이 부풀었다.

이윽고 화운룡 일행이 떠날 때가 다가오자 전학 남매는 매우 아쉬워했다.

"언제 또다시 뵈올 수 있겠습니까?"

화운룡이 빙그레 미소 지었다.

"본 문에 오면 언제든지 환영하겠소."

전학은 크게 기뻐하며 포권을 했다.

"언젠가는 반드시 대협을 뵈러 가겠습니다."

전학은 조심스럽게 말했다.

"대협의 손을 한 번 잡아 봐도 되겠습니까?"

화운룡은 두 팔을 활짝 벌렸다.

"안는 것은 어떻소?"

화운룡이 차례로 전학과 둘째 전충을 안아주자 그들은 몸 둘 바를 모르며 황송해했다.

화운룡이 돌아서려고 하자 뜻하지 않게 막내 전송이 쭈뼛 거리면서 말했다.

"저… 저는요?"

전학과 전충은 언제나 수줍기만 한 막내 여동생이 자신도 안아달라고 나서자 뜻밖이라는 표정을 지었다.

그러나 곧 부드러운 미소를 지었다. 비룡공자는 중원의 남 자들에게는 영웅이고 여자들에게는 선망의 대상이다.

화운룡에게는 남자인 전학이나 여자인 전송이 별반 다를 바가 없다. 그는 전송에게 두 팔을 활짝 벌렸다.

"이리 오시오."

망설일 것이라는 오빠들의 예상과는 달리 전송은 쪼르르 달려와서 화운룡에게 넙죽 안겼으며 그것으로도 모자라서 두 팔로 그의 허리를 꼭 안고 가슴에 얼굴을 묻었다.

그런데 그게 끝이 아니다. 전송은 그 자세로 잠이 들었는지 화운룡의 품에서 떨어질 줄을 몰랐다.

전학이 빙그레 미소 지으면서 막내 여동생을 일깨웠다.

"송아, 자느냐?"

중인이 나직하게 웃었지만 전송은 꼼짝도 하지 않았다. 그 녀는 이대로 죽어도 좋다는 생각을 하고 있었다.

다음 날 정오가 지나서야 화운룡은 동창고수들과 가족들이 탄 배 일곱 척을 삼백 장 거리까지 추격하고 있는 태청방과 신해문, 황룡문 고수들의 배를 따라잡았다.

그들의 배는 북경으로부터 백칠십여 리 떨어진 남쪽 산동성 남단의 동광(東光)을 막 지나고 있었다.

경항운하 양쪽에는 폭넓은 관도가 있어서 행인들과 마차, 수레들이 꽤 많이 통행하고 있다.

북경을 출발한 화운룡을 비롯한 천오백여 검수들은 순전히 경공만으로 잠시도 쉬지 않고 달려서 마침내 동창고수와 가족들을 추격하는 무리를 따라잡은 것이다.

화운룡을 비롯한 천오백여 명의 비룡은월문 검수들은 너무 급한 나머지 가장 빠른 길인 경항운하를 따라 줄곧 무리 지어서 달려왔다.

동창고수들과 가족들이 위험한 상황이라서 누가 보거나 말거나 상관할 게재가 아니었다.

화운룡을 비롯한 용신들과 운설, 명림이 선두에서, 그 뒤를 용설운검대와 비룡검대가 이십여 장 간격을 두고 뒤따랐으며 그 뒤에 멀찍이 다른 검대들이 달려왔다.

행인들은 느닷없이 수많은 무림인들이 나타나자 크게 놀라고 겁먹은 얼굴로 이리저리 흩어지느라 난리법석을 피웠다.

화운룡의 명령이 떨어졌다.

"모두 죽여라."

균천보와 하북팽가의 강압을 이기지 못해서 천외신계에 접수된 태청방과 신해문, 황룡문이지만, 화운룡은 전멸시켜야겠다고 마음먹었다.

그들은 균천보와 하북팽가에 저항하다가 정렬하게 산화하는 중원남아의 기백조차 보여주지 못했다.

그렇다고 전학 등처럼 화북대련에 가입하여 천외신계에 저항하겠다는 박약한 의지조차도 없었다.

제 목숨과 방파, 문파의 대가 끊어질 것이 두려워서 불의에 굴복한 자들은 불의를 일으키는 자와 다를 것이 없다는 게 화운룡의 생각이다.

천칠백여 명이면 태청방과 신해문, 황룡문의 거의 모든 고수들일 것이다.

그들을 몰살시키면 모르긴 해도 태청방과 신해문, 황룡문은 멸문하게 될 터이다.

일벌백계(一罰百戒), 이것으로써 천하무림과 천외신계에 두루 경종을 울리게 될 것이다.

화운룡의 명령이 떨어지자 제일 먼저 용설운검대와 비룡검대, 해룡검대 삼백팔십여 명이 운하 가장자리에서 땅을 박차고 하늘로 날아올랐다.

타앗!

쏴아아!

그들이 바람을 가르면서 하늘을 날아가는 소리가 흡사 파도 소리 같았다.

추격자들 천칠백여 명이 탄 배는 다섯 척의 거선이며 모두 신해문 소유인 신해상단 것이라서 상선이다.

운하 가장자리에서 배까지의 거리는 칠팔 장 정도 됐지만 용설운검수와 비룡검수, 해룡검수들은 한 번의 비행으로 배까지 날아가서 독수리처럼 내리꽂혔다.

이들 세 검대를 뒤따라서 진검대와 운검대 등 나머지 여덟 개 검대들도 하늘을 새카맣게 뒤덮으며 다섯 척의 배로 날아가는 광경은 그야말로 장관을 연출했다.

졸지에 급습을 당한 태청방과 신해문, 황룡문 고수들은 변변히 저항도 하지 못하고 거꾸러지기 바빴다.

거의 무적에 가까운 비룡은월문 검수들을 상대하려면 태청방과 신해문, 황룡문 정도의 세력 다섯 배는 있어야 싸움다운 싸움을 해볼 수 있을 터이다.

화운룡 주위에 몰려 있는 십육룡신들이 싸우고 싶어서 조바심을 쳤다.

"주군! 우린 언제 싸우죠?"

"저길 보세요! 우리가 죽여야 할 적들이 빠르게 사라지고 있잖아요!"

벽상과 숙빈이 발을 동동 구르면서 아우성쳤다.

화운룡은 발끝으로 가볍게 슬쩍 땅을 박차고 배로 쏘아갔다.

"가자."

십육룡신들은 화운룡을 뒤따라서 일제히 허공으로 솟구치며 신바람이 났다.

"야핫!"

"기다려! 내가 먼저 간다!"

허공을 가르며 쏘아가고 있는 백진정은 옆을 힐끗 보다가 우연히 장하문을 발견했다.

그런데 장하문이 오른손으로 어깨의 검파를 잡은 채 두 눈에서 줄기줄기 살벌한 안광을 쏟아내고 있는 것을 발견하고 뜻밖이라는 표정을 지었다.

"가가, 왜 그러세요? 지금 모습은 가가 같지 않아요."

장하문은 싱긋 웃었다.

"정 매, 적들을 죽일 때 어떤 기분이지?"

"그야 통쾌하죠."

"나라고 다를 것 없어."

화운룡은 이미 배에 내리꽂히면서 쌍장을 뻗어 한꺼번에 십여 명의 적들을 거꾸러뜨리고 있었다.

*　　　　*　　　　*

임오와 동창고수들은 배의 뒤쪽에서 갑자기 들려온 요란한
비명 소리에 놀라서 밖으로 쏟아져 나왔다.

임오는 일곱 척의 배들 중에서 맨 뒤쪽 배에 타고 있었는데
배 뒤쪽으로 달려갔다가 크게 놀라고 말았다.

십오륙 장쯤 떨어진 뒤쪽의 배에서 치열한 싸움이 벌어지
고 있었기 때문이다.

아니, 그것은 싸움이 아니라 일방적인 도륙이었다. 한편인
듯한 고수들이 다른 쪽 고수들을 가차 없이 주살하는데 임오
가 보기에도 아예 상대가 되지 않았다.

또한 도륙하고 있는 고수들의 솜씨가 매우 고강한 데다 얼
마나 절묘하고 깨끗한지 죽어가는 자들은 단지 급소를 정확
하게 찔리고 베일 뿐이라서 고통을 느끼지 않을 듯했다.

그때 금의교위 한 명이 낮게 외쳤다.

"총교위! 저기 비룡공자입니다!"

그가 가리킨 곳을 급히 쳐다본 임오는 눈을 의심할 정도로
대경실색했다.

분명히 그곳에는 화운룡이 양손을 이리저리 휘두르면서 적

들을 지푸라기처럼 거꾸러뜨리고 있었기 때문이다.

또 다른 금의교위가 외쳤다.

"총교위! 죽어가고 있는 자들은 태청방 고수들입니다!"

임오의 머리가 빠르게 회전했다. 화운룡 등이 북경 근교에 있는 태청방 고수들을 죽이고 있다면 그들이 무언가 큰 잘못을 저질렀기 때문일 것이다.

또한 태청방 고수들이 탄 배가 임오 일행이 탄 배에서 불과 십오륙 장 떨어진 곳에 있는 것을 보니 어찌 된 일인지 짐작이 갔다.

저들은 임오 등 동창고수들과 가족들을 주살하려고 추격해 오고 있었던 것이다.

그것을 화운룡이 비룡은월문 검수들을 이끌고 차단하여 주살하고 있는 중이다.

거기까지 생각한 임오는 쩌렁하게 외쳤다.

"돛을 내리고 배를 멈춰라!"

잠시 후에 배가 멈추고 뒤따라오는 배와 거리가 가까워지자 임오는 제일 먼저 그쪽으로 몸을 날렸다.

"주군을 도와 적들을 주살하라!"

임오의 뒤를 따라서 금의위들이 속속 뒤쪽 배로 날아가며 무기를 뽑았다.

차창! 차차창!

약 한 시진에 걸친 싸움으로 태청방과 신해문, 황룡문 고수
정확하게 천칠백삼십팔 명을 단 한 명도 남기지 않고 모조리
죽였다.

비룡은월문은 한 명도 죽지 않았으며 하급에 속하는 검수
십여 명이 가벼운 상처를 입는 정도였다.

적들의 상선 다섯 척을 운항하는 선원들은 아무도 건들지
않았다.

화운룡은 다섯 척의 배에 태청방과 신해문, 황룡문 고수 천
칠백삼십팔 구의 시체를 싣고 뱃머리를 돌려 북경으로 돌아가
도록 했다.

균천보든 천외신계든 천칠백여 구의 시체를 보면 좋은 경고
가 될 것이다.

화운룡은 최측근들과 함께 임오의 배를 탔고 비룡은월문
검수들은 육로로 가도록 했다.

모든 전후 사정을 다 알게 된 임오와 동창고수들은 가슴을
쓸어내리는 한편 화운룡에게 크게 고마워했다.

화운룡이 아니었으면 동창고수들은 물론이고 이천삼백여
명이나 되는 가족들은 영문도 모르는 채 고스란히 떼죽음을
당할 뻔했다.

금위총교위 임오가 자신의 가족을 화운룡에게 인사시켰다.

선장실 의자에 화운룡이 앉아 있고 전면에는 임오의 가족이 늘어서서 공손히 허리를 굽혔다.

임오의 부모와 아내, 자식 두 명, 형제자매의 아내와 남편 자식들까지 열다섯 명의 대가족이다.

"고생했소."

화운룡이 앉아서 인사를 받으며 고개를 끄떡이자 옆에 서 있는 장하문이 전음으로 깨우쳐 주었다.

[주군, 임오의 부모가 있습니다.]

화운룡이 무슨 말이냐는 듯 장하문을 돌아보자 그는 씁쓸한 표정을 지었다.

[주군께선 스무 살이십니다.]

[아…….]

화운룡은 자신이 팔십사 세까지 살다가 이십 세로 돌아왔다는 사실을 자주 까먹는다.

평소에는 그래도 별 상관이 없는데 지금처럼 오십 대인 임오의 부모가 절을 하는데도 의자에 떡하니 앉아서 고개를 끄떡이는 것은 곤란하다.

물론 화운룡쯤 되는 지위의 인물이라면 그래도 되지만 원래 젊은이로 회귀한 그의 성품으로는 절대로 그러지 못한다.

화운룡은 일어나면서 장하문에게 전음으로 일깨워 주었다.

[스물한 살이다, 하룡.]

과거로 돌아온 지 벌써 일 년이 지났다.

화운룡은 임오 부모의 손을 잡고 의자로 이끌었다.

"앞으로 두 분께선 저와 마주할 때는 항상 의자에 앉으시기 바랍니다."

그런데 뜻밖의 반응이 일어났다. 황송해할 줄 알았던 임오의 부친이 정면으로 반박했다.

"왜 그래야 하는 것이오?"

임오는 깜짝 놀랐다.

"아버지⋯⋯."

임오의 부친은 평범한 사람이 아니다.

"나는 아직 팔팔하니까 서 있어도 되오."

화운룡은 한 방 맞은 듯한 표정을 지었다가 고개를 끄떡이며 미소를 지었다.

"아버님께서 서 계신데 제가 앉아 있으면 예의에 맞지 않습니다. 그래서⋯⋯."

"주군께선 앉아 계셔도 되오."

임오 부친은 강단이 있다.

"왜 그렇습니까?"

"내 상전이시기 때문이오."

화운룡은 빙그레 미소 지었다.

"임오가 제 수하이지 아버님께선……."

"아들의 상전은 내 상전이기도 하오."

"……."

화운룡은 말문이 막혔다. 그가 누군가와 대화하다가 말문이 막히는 것은 드문 일이다. 더구나 오십 대인 상대에게는 더욱 그랬다.

임오는 애매한 표정을 짓고 있었다. 왜냐하면 일전에 화운룡을 처음 만났을 때 그가 자신이 화천공이며 부친과 막역한 사이라고 소개했었기 때문이다.

그런데 지금 부친은 화운룡을 처음 보는 것처럼 행동을 하고 있으며 화운룡 역시 똑같이 행동하고 있다.

그렇다면 화운룡이 거짓말을 했다는 뜻이다. 좋은 결과를 낳았지만 거짓말은 거짓말이다.

그렇지만 임오는 화운룡이 거짓말을 했다는 사실이 믿어지지 않았다.

어느 모로 봐서도 그는 거짓말을 할 사람이 아니며 거짓말을 할 필요가 없었기 때문이다.

그때 임오의 부친이 정중히 포권을 했다.

"다시 인사하겠소. 나는 임오의 아비인 임격이오. 주군을 뵈오이다."

자신을 수하라고 낮추면서 인사를 하는 임격을 어떻게 대해야 할지 난감해서 화운룡은 임오를 쳐다보았다.

딴생각을 하고 있던 임오는 가볍게 놀라며 화운룡을 쳐다보는데 그로서도 어쩔 수 없는 듯했다.

임오는 키가 크고 체격이 건장한데 부친 임격도 임오에 못지않은 다부진 체격의 소유자다.

딱 벌어진 어깨에 후리후리한 키와 군살 없는 매끈한 몸에 하체가 길고 두 팔은 거의 무릎까지 내려왔다.

얘기가 길어질 것 같아서 화운룡은 자세한 것은 나중에 차차 알기로 하고 부드럽게 미소 지으며 마주 포권했다.

"화운룡입니다. 잘 부탁합니다."

임격은 똑 부러지는 성격답게 할 말을 뒤로 미루지 않았다.

"아들 오의 지위를 내릴 때 내게도 지위를 내려주기를 바라오. 내 밥값은 하고 싶소이다."

임오는 물론이고 모친이나 가족 모두 당황해서 어쩔 줄 몰랐지만 부친의 성격을 익히 잘 알고 있는지 아무도 나서지 못하고 발만 동동 굴렀다.

화운룡은 선선히 고개를 끄떡였다.

"참고하겠습니다."

화운룡과 최측근들은 동창고수의 가족들을 보호할 겸 배

로 이동하기로 했다.

화운룡은 이 층 선실 밖에서 서쪽을 온통 붉게 물들인 노을을 바라보면서 입가에 미소를 짓고 있었다.

명림이 그걸 보고 말했다.

"주군, 임격이라는 노인을 생각하시죠?"

화운룡은 고개를 끄떡였다.

"그래. 대단한 인물이지."

그는 지금으로부터 이십육 년 후인 사십칠 세 때 팔십팔 세 노령인 임격과 친구가 됐다.

장하문이 넌지시 말했다.

"임격은 이 년 전까지 대명제국의 팔십만 황군총교두(皇軍總教頭)였습니다."

화운룡은 고개를 끄떡였다.

"알고 있네."

임격의 당당한 위용과 행동거지를 떠올려 보니 과연 황군총교두라는 지위가 잘 어울렸다.

대명제국은 팔십만이라는 어마어한 군사를 보유하고 있으며 천 명 단위로 교두(教頭)가 있고 만 명 단위로 교두장(教頭將)이 있으며 십만 명 단위로 교두령(教頭令)이 있는데, 그들을 총지휘하는 것이 황군총교두다.

교두라는 지위는 군사 즉, 황군들에게 무술을 가르치는 지위다. 황군총교두는 팔십만 황군에게 무술을 가르치는 최고 위인 것이다.

임격은 대학자로서도 유명하지만 황군총교두라는 지위로 더 유명한 인물이다.

세상에는 문무를 겸비한 인물이 매우 드문데 임격은 문과 무를 고루 갖춘 대단한 인물이다.

"임격은 나이 육십 세가 되어 황제가 붙잡는데도 스스로 황군총교두에서 물러났습니다."

"총기가 흐려진다는 이유에서였지."

"그렇습니다. 잘 아시는군요."

운설은 그 말뜻을 이해하지 못했다.

"총기가 흐려진다고 해서 스스로 황군총교두라는 막중한 자리에서 물러났다는 말이야?"

"그렇습니다."

"육십 세가 넘으면 총기가 흐려져? 누가 그래? 남자나 여자나 나이 먹으면 더 교활하고 능구렁이가 된다는 건 세상 사람이 다 알아."

"교활함과 총명함은 다릅니다."

"뭐가 달라? 머리 쓰는 건 다 똑같지."

화운룡이 일깨워 주었다.

"설아, 네가 기회를 틈타서 구렁이 담 넘어가듯이 나한테

'여보'라고 부르는 것은 교활한 것이고 림아가 달변으로 날 꼼짝 못하게 만들어놓고서 '여보'라고 부르는 건 총명하다고 말하는 것이다."

"여보!"

"여… 보……."

서로 다른 의미에서 운설과 명림은 찔리는 것이 있어 크게 당황하여 또 여보라고 불렀다.

젊은 장하문은 오륙십 년 동안 한데 뭉쳐서 같이 살았던 일남이녀의 수작을 보는 것만으로도 손발이 오글거렸다.

화운룡이 명림에게 주의를 주었다.

"림아, 육십이 세 먹은 사람을 노인이라고 부르는 것은 어디의 예법이냐?"

"죄송해요."

"내가 팔십사 세까지 살아보니까 육십이 세는 팔팔한 청년이었다. 팔십사 세인 나도 노인이라는 호칭을 들으면 상당히 기분이 나빴어."

운설이 참견했다.

"명림 언니는 구십 세에 천수를 다해서 죽을 때까지도 할머니나 노파라고 부르는 것을 매우 싫어했다는 걸 알아요?"

"맞아. 그랬었어."

명림은 미래의 일이 생각나는지 아삼삼한 표정을 지었다.

"그때 나는 운검의 품에 안겨서 숨을 거두었어. 그때 운검의 나이가 칠십사 세였는데……."

저녁 식사에 화운룡이 임오를 불렀다.

그랬더니 임오가 와서 하는 말이 자신의 부친 즉, 임격이 화운룡과 측근들을 저녁 식사에 초대했다는 것이다.

"부친이 우릴 초대하셨다는 건가?"

임오는 전전긍긍했다.

"거절하셔도 되지만 웬만하면 와주십시오."

부친 임격이 다소 지나친 점이 있는데도 임오는 군소리 없이 순종했다.

지금 같은 경우에도 임격이 화운룡을 식사에 초대하는 것은 시기적절하지 않았지만, 화운룡에게 식사 초대에 와달라고 고개를 숙이고 있다.

그것만 봐도 임오가 지극한 효자라는 사실을 알 수 있다.

그래서 화운룡은 임오가 더 좋아졌다. 화운룡 자신이 예전 생에서 부모에게 불효했으며 이번 생에서는 효도하리라고 결심을 했기에 임오의 효심이 더욱 마음에 들었다.

화운룡은 선선히 승낙했다.

"가겠네."

"감사합니다……! 정말 고맙습니다……!"

임오는 그 어느 때보다도 고마워했다. 그는 효자도 보통 효자가 아닌 것 같았다.

임격은 손이 매우 컸다.

손가락이나 손바닥이 아니라 씀씀이가 크다는 뜻이다.

그는 배에서 가장 큰 식당을 통째로 빌리는 수완을 발휘했으며 배에서는 구하기도 어려운 갖가지 재료들을 구해서 고급 주루에서나 구경할 만한 진귀한 요리들을 차려놓았다.

임격은 사람을 잘 부리는 것인지 아니면 후덕함 덕분인지 배의 선장이나 선원들은 그를 잘 따랐으며 배를 마치 제집인 양 호령했다.

척!

화운룡이 식당으로 들어서자 임격과 임오, 그리고 그의 형제 두 명 도합 네 명이 정중히 포권을 하면서 맞이했다.

"어서 오십시오."

화운룡은 우선 탁자에 차려져 있는 십여 가지의 고급스러운 요리들을 보고 놀랐다.

그것들은 결코 이런 배에서 구경할 수도, 만들 수도 없는 종류이기 때문이다.

임오가 화운룡에게 의자를 가리키며 정중하게 권했다.

"좌정하십시오, 주군."

화운룡은 탁자로 다가가서 요리를 보며 임격에게 물었다.

"이것들은 다 누가 만들었습니까?"

임격이 설명했다.

"아내와 며느리, 딸들이 요리했소."

"호오… 대단하군요."

화운룡은 자리에 앉기 전에 말했다.

"나는 임오 총교위의 가족이 누군지 알고 싶습니다. 소개해 주시겠습니까?"

임격은 자신의 아들 삼형제 임오와 임호(林豪), 임우(林羽)를 가리켰다.

"내 아들들은 여기에 있소이다."

임격은 다 좋은데 아들만 선호하는 것이 흠이다.

이십육 년 후 사십칠 세인 화운룡은 이미 천하제일인이 됐었기 때문에 임격은 그를 매우 좋아하고 또 존경했다.

그때도 임격은 딸과 며느리는 물론이고 손자와 손녀를 차별했는데 화운룡이 그러지 말라고 따끔하게 훈계를 하고 나서 차별을 고치려고 노력했다.

화운룡은 자리에 앉지 않은 채 임격에게 물었다.

"가족을 마차로 치면 아들들은 무엇에 해당합니까?"

"그야 당연히 튼튼한 준마외다."

"그렇다면 아버님은 무엇입니까?"

"마부지요."

"어머님과 딸들과 며느리, 사위들은 무엇입니까?"

"마차의 몸체나 바퀴 같은 것들이 아니겠소?"

"그렇군요."

화운룡은 고개를 끄떡이고 나서 빙그레 미소 지었다.

"그렇다면 말 세 마리만으로는 마차라고 부르지 못하겠군요."

"당연하지 않겠소?"

"그런데 말 세 마리만 놓고서 마차라고 우기는 사람이 있다면 어떻게 하겠습니까?"

임격은 화운룡이 무슨 말을 하려는 것인지 짐작하고 묵직한 신음 소리를 냈다.

"음."

화운룡은 정중하게 부탁했다.

"나는 온전한 마차를 보고 싶습니다."

자신이 아들을 편애하고 있다는 사실을 잘 알고 있는 임격은 화운룡의 적절한 비유에 약간 충격을 받았다.

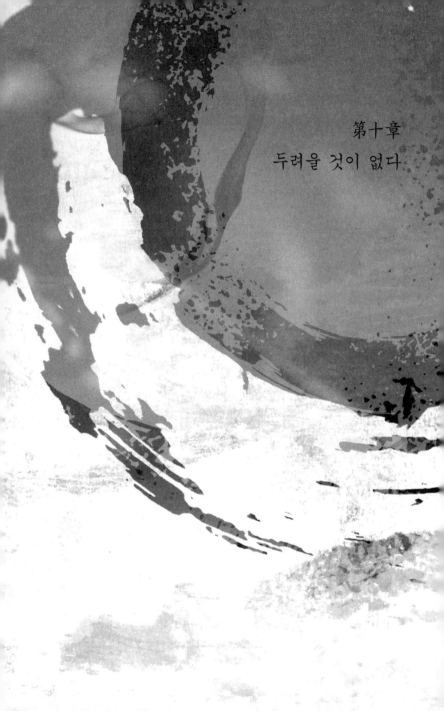

第十章
두려울 것이 없다

  결국 임격은 가족들을 다 불러서 화운룡에게 인사를 시켜
야만 했다.

  화운룡은 내친김에 아예 임격의 가족들과 함께 저녁 식사
를 강행했다.

  임격이 깜짝 놀라서 가족들을 내보내려고 했지만 화운룡
의 뜻이 워낙 강해서 꺾지 못했다.

  가족들 특히 딸들과 며느리들은 부친 임격과 같이 식사하
는 것을 매우 어려워했다.

  임격이 평소에 여자인 딸과 며느리들하고는 식사를 같이한

적이 거의 없었기 때문이다.

하지만 화운룡이 특유의 재치와 입담으로 분위기를 화기애애하게 이끌었으며, 그의 뜻을 알아차린 장하문과 운설, 명림 등이 적극적으로 임오 가족, 특히 여자들을 대화로 끌어들인 덕분에 오래지 않아 실내는 즐겁게 웃음소리와 대화하는 목소리로 가득 넘쳐났다.

임오를 비롯한 세 명의 아들은 부친의 눈치를 살폈지만 속으로는 자신들의 아내와 여동생들이 밝게 웃고 대화하는 모습에 갈채를 보내고 있었다.

임격은 복잡한 표정을 짓고 있었다. 그는 황군총교두의 위엄과 대학자라는 박식함을 두루 지니고 있는 드문 인물이니만큼 지금의 광경을 보고 느끼는 점이 많았다.

그렇지만 화운룡은 지금 상황에 대해서나 임격이 아들을 편애하는 것에 대해서는 한마디도 하지 않고 오로지 대화에만 열중했다.

이 상황만으로도 임격이 많은 것을 느끼고 있을 것이라고 짐작하기 때문이다.

저녁 식사 후에 장하문이 임오를 따로 갑판으로 불러냈다.

장하문은 거두절미하고 임오에게 화운룡이 미래에서 온 천하제일인이라는 사실을 알아듣기 쉽게 설명해 주었다.

그런 허무맹랑한 얘기를 들었던 사람들의 반응이 그랬던 것처럼 임오도 마찬가지 반응을 보였다.

임오는 지금 장하문이 농담을 하고 있는 것이라고 생각했다. 그래서 농담을 이렇게 진지하게 하는 사람도 있다는 사람을 처음 알게 되었다.

장하문은 차분하게 말했다.

"내가 거짓말을 하는 것 같소?"

"……"

임오는 장하문이 거짓말을 하는 것 같았지만 가만히 생각해 보니까 그가 거짓말을 할 이유가 없었다.

화운룡이 임오 자신을 비롯한 동창고수들과 수천 명 가족들에게 베푼 큰 은혜를 생각해 보면 더더욱 그런 거짓말을 할 이유가 없다.

"하아……"

그렇지만 화운룡이 미래에서 왔다는 사실을 믿기에는 너무나도 엄청나고 황당한 일이다.

장하문이 조용한 목소리로 말해주었다.

"주군께선 지금으로부터 이십육 년 후인 사십칠 세 때 귀하의 부친을 만나서 막역한 사이가 되어 화천공이라는 별호를 받게 되오."

임오는 문득 어떤 생각이 나서 물었다.

"그럼 당신을 비롯한 주군의 측근들은 주군과 어떤 관계요? 당신들은 주군께서 미래에서 오셨다는 사실을 믿었소?"

장하문은 빙그레 미소 지었다.

"우리는 미래에 주군의 최측근이었소. 나는 군사였으며 좌우호법은 미래에도 주군의 좌우호법이었소."

임오는 아연실색했다.

"그런 일이……."

"그리고 우리는 당연히 주군께서 미래에서 오셨다는 사실을 믿소."

장하문은 과거로 돌아온 화운룡이 미래에서 만났던 사람들 중 여자인 경우에 한해서 미래의 일들을 다 기억해 낸다는 사실을 설명해 주었다.

"남자는 안 되는 것이오?"

"그렇소. 무슨 이유인지는 모르지만 남자는 되지 않았소. 아무래도 음양의 이치 같은 오묘한 조화 같은 것이 아닌가 생각하오만."

"흠……."

임오는 한동안 뭔가를 골똘하게 생각하다가 말문을 열었다.

"부탁이 있소."

"무엇이오?"

화운룡이 운설, 명림과 함께 선실에서 술을 마시며 담소를 나누고 있는데 장하문이 문을 열고 들어왔다.

"주군, 임오가 부탁이 있답니다."

장하문 뒤에 임오가 들어서는데 그의 뒤에 두 여인이 주춤거리면서 따라 들어오고 있다.

화운룡은 그녀들이 임격과 임오의 부인이라는 것을 알아보고 의자에서 일어섰다.

"무슨 일인가?"

임오는 이미 모친과 아내에게 자세한 설명을 다 해주었다.

그렇지만 모친과 아내는 임오 같은 신심이 없는 터라서 화운룡이 미래에서 왔다는 사실을 일 푼도 믿지 않았다.

다만 임오가 간곡하게 부탁을 해서 억지로 따라온 것이다.

임오는 지금으로부터 이십육 년 후에 화운룡이 부친을 만나서 막역지우가 된다면 모친과 아내도 알고 있을 것이라고 생각해, 화운룡이 두 여자에게 미래의 기억을 전해주기를 원하는 것이다.

장하문이 임오의 모친과 아내를 가리키면서 어색한 미소를 지었다.

"이분들을 안아달라고 합니다."

임격의 부인 민수림(閔秀琳)과 임오의 부인 호연란(昊延蘭)은 얼굴을 붉히면서 망측하다는 표정을 지었다.

화운룡은 어째서 두 여자를 안아주라는 것인지 알아차리고 성큼 그녀들 앞으로 다가섰다.

여자들의 심리에 대해서 숙맥인 화운룡은 거칠 것 없이 우선 민수림부터 덥석 안았다.

"앗!"

오십오 세인 민수림은 파드득하며 작게 몸서리를 치며 화운룡에게서 벗어나려고 했다.

그러나 민수림에게 미래의 기억을 찾게 해주려는 화운룡의 의지를 꺾지는 못했다.

민수림은 평생 처음 남편이 아닌 남자의 굵은 팔과 넓은 가슴에 안겨서 어쩔 줄을 몰랐다.

더구나 아들과 며느리까지 보고 있으므로 그저 민망하고 망측한 기분만 들 뿐이다.

이즈음 화운룡이 여자에게 마음을 전하는 수법인 심심상인은 많이 발전해 있었다.

많은 여자에게 심심상인을 전개했기 때문이 아니라 어떻게 해서 여자를 품에 안는 것만으로 미래의 기억이 전해지는지에 대해서 틈날 때마다 곰곰이 궁리를 하는 과정에, 해답은 얻지는 못한 대신에 기억을 좀 더 원활하게 심어주는 방법을 알아낸 것이다.

여자를 품에 안을 때 심지공을 일으키면 더욱 빠르고도 확실하게 미래의 기억이 전해진다고 확신을 했다.

심지공은 어떤 무공수법의 구결이나 전개하는 방법을 말로 전하지 않고 마음으로 전하는 수법이다.

화운룡은 민수림을 가슴에 깊숙이 안고 심지공을 전개하면서 문득 재미있는 생각이 나서 소림사의 절학 중에 하나인 백팔나한권법(百八羅漢拳法)의 구결과 전개 수법을 슬쩍 주입시켜 주었다.

그렇게 화운룡과 민수림의 미래와 소림사 백팔나한권법이 그녀에게 전해졌다.

부끄러워서 어쩔 줄 모르던 민수림의 몸이 갑자기 멈칫하는 것 같더니 눈이 커다랗게 떠지고 입이 크게 벌어지며 긴 탄성이 터져 나왔다.

"아아……."

화운룡은 민수림의 등을 부드럽게 쓰다듬으면서 품에서 놔주고 한 걸음 물러섰다.

민수림은 바르르 세차게 몸을 떨며 눈을 깜빡거리더니 화운룡을 보면서 격한 탄성을 터뜨렸다.

"아아… 화천공님!"

화운룡은 빙그레 부드럽게 미소 지었다.

"하하! 그동안 잘 계셨습니까, 형수님?"

임오와 그의 아내 호연란은 두 사람이 서로를 부르는 호칭에 크게 놀랐다.

미래에 화운룡은 임격과 호형호제했었기 때문에 민수림을 형수라고 불렀으며, 민수림은 어쩌다가 찾아오는 화운룡을 무척이나 좋아했었다.

"세상에… 화천공 님께선 어떻게 이리 젊어지신 건가요?"

민수림이 알고 있는 화운룡의 모습은 사십칠 세였다.

"형수님, 그 얘기는 잠시 후에 합시다."

화운룡은 대경실색해서 눈을 화등잔처럼 크게 뜨고 있는 호연란 앞으로 다가갔다.

임오는 장하문의 말을 들었을 때는 절대로 그의 말을 믿지 않았었다.

그런데 지금 눈앞에서 벌어진 광경을 직접 목격하고는 도저히 믿지 않을 수가 없게 되었다.

지금 이 일이 사실이 아니라면 모친 민수림이 사기를 치고 있다는 것인데 절대로 그럴 리가 없다.

호연란은 임오보다 더 혼비백산해서 화운룡이 자신을 덥석 안는데도 저항은커녕 놀라지도 못하고 우두커니 서서 낮은 탄성만 흘렸다.

"아……."

화운룡은 뼈가 없는 듯 호리호리하고 약간 마른 체구인 호연란을 품에 깊이 안으면서 그녀에겐 미래의 기억과 함께 무당파의 칠성각술(七星飛脚術)을 심어주었다.

임오는 과연 자신의 부인에게도 모친과 같은 현상이 일어날지 긴장된 얼굴로 눈도 깜빡이지 않고 지켜보았다.

"아아……."

그런데 화운룡 가슴에 얼굴을 묻고 있던 호연란이 갑자기 후드득 몸을 떨고는 탄성을 터뜨리더니 고개를 들고 그의 얼굴을 올려다보았다.

"세상에… 화천 숙부님……."

화운룡은 삼십이 세 호연란을 부드러운 미소를 지으면서 바라보았다.

"잘 있었느냐?"

"화천 숙부님… 너무 보고 싶었어요……."

호연란은 두 팔로 그의 허리를 꼭 안으면서 그의 가슴에 얼굴을 묻었다.

조금 전에 그녀는 타의에 의해서 화운룡에게 안겼지만 지금은 제 스스로 그의 품에 안겨들었다.

임오는 눈을 찢어질 듯이 부릅뜨고 눈앞의 믿어지지 않는 광경을 망연자실 바라보았다.

'맙소사… 어떻게 이런 일이…….'

화운룡이 어떤 방법을 사용했는지는 그다지 중요하지가 않다. 중요한 것은 모친과 아내가 화운룡을 알아보았다는 것이고 미래에 모친은 형수, 아내는 조카의 신분이었다는 사실이다.

임오는 화운룡에 대해서 더 이상 불신하지 않았다. 지금 눈앞에서 일어나고 있는 일들을 목격하고서도 화운룡이 미래에서 왔다는 사실을 믿지 않는다면 바보 천치가 분명하다.

임오는 조심스럽게 입을 열었다.

"제가 주군을 숙부님이라고 불렀습니까?"

화운룡은 빙그레 미소 지으며 고개를 끄떡였다.

"그렇다. 나는 너를 오야, 라고 불렀지."

"저는 란란이라고 불러주셨어요."

호연란이 여전히 화운룡 품에 안겨서 펑펑 울며 말했다.

임오는 이 모든 일들을 자신이 시원하게 느낄 수가 없어서 조금 답답하기는 하지만, 그래도 모친과 아내를 통해서 간접적으로나마 화운룡이 누군지 충분히 알 수 있게 되어 기쁨을 주체하지 못했다.

화운룡은 잠결에 어떤 소리를 감지하고 번쩍 눈이 떠졌다.

캄캄한 어둠 속에 누운 그는 천장을 바라보았다.

그는 선실의 침상에 반듯한 자세로 누워서 공력을 극한으로 끌어 올려, 청력을 돋우어 방금 전에 감지한 것이 무엇이었는지 확인해 보았다.

파라라락… 탁… 타탁……

옷자락이 세차게 펄럭이는 소리와 발바닥이 땅을 딛는 소리가 뒤섞여서 감지되었다.

누군가 경공을 전개하여 달려오고 있다는 뜻이다.

거리는 칠, 팔 리이며 수는 헤아릴 수 없을 정도로 많았다.

'추격대.'

화운룡은 침상에서 내려서며 장하문과 운설, 명림, 용신들, 용봉호법대, 홍예와 건곤쌍쾌에게 동시에 전음을 보냈다.

'모두 일어나라!'

그러고는 공력을 일으켜서 간밤에 마셨던 술의 취기를 한꺼번에 발출시켰다.

그가 일부러 기척을 감추지 않았기 때문에 침상 아래 바닥에서 자고 있던 아월이 깨어났다.

"음… 주인님, 무슨 일이죠?"

"밖으로 나와라."

화운룡이 선실 밖으로 나갔을 때 모두들 모여 있는데 긴장한 얼굴이 역력했다.

그들 중에 공력이 가장 심후한 운설과 명림, 그리고 홍예는 전음을 듣고 깨어난 직후에 추격대가 오고 있다는 사실을 감지했지만 화운룡이 먼저 말하기 전에는 입을 굳게 다물었다.

화운룡이 지난밤에 많이 취하지 않았더라면 더 일찍 추격
대를 감지할 수 있었을 것이다.

어쨌든 추격대가 오고 있다는 사실은 변함이 없다.

"추격대다."

화운룡의 조용한 말에 운설과 명림, 홍예를 제외한 모두의
얼굴에 놀라움과 긴장이 떠올랐다.

"거리는 육 리, 수는 삼천 명 이상이다."

화운룡의 전음을 듣고 모두들 모이는 동안 추격대는 조금
더 가까워졌다.

그가 대충 감지한 적들의 수가 삼천 명이지만 워낙 수가 많
고 수 리에 걸쳐서 길게 늘어선 상태에서 달려오고 있기 때문
에 다 파악하기가 어렵다.

화운룡이 장하문에게 물었다.

"하룡, 어떻게 할까?"

"가족들을 배에 태운 채 먼저 보내고 우리와 동창고수들이
막아야 합니다. 그러면서 앞서간 본 문 검수들을 다시 불러들
여야겠죠."

화운룡이 생각해 봐도 그보다 좋은 방법은 없다.

"예아, 본 문의 검수들을 불러들여라."

"알았어요. 용랑."

비룡은월문 검수들은 밤사이에 족히 백여 리 이상은 갔을 것이고, 그들이 연락을 받고 전력을 다해서 북상하더라도 한 나절은 걸릴 터이다.

"하룡, 척후를 보내고 동창고수들을 깨워라."

장하문은 용신 두 명을 척후로 보내고 세 명에게 동창고수들을 깨우도록 지시했다.

*   *   *

구우우…….

동창고수들의 가족 이천삼백여 명을 태운 일곱 척의 상선은 어둠을 뚫고 운하를 따라 멀어져 갔다.

배에는 가족들을 지킬 최소한의 인원조차 남겨두지 않았으며 선원들로 하여금 배를 운항하게만 했다. 그만큼 이쪽 상황이 위급하기 때문이다.

경항운하에는 낮이든 밤이든 포구 이외의 그 어떤 장소에서도 배가 정지할 수 없다.

운하는 인공적으로 만들어진 덕분에 강이나 바다처럼 위험한 구간이 없어서 그저 운하만 따라 직선으로 뻗은 수로를 남행하든가 북행만 하면 되기 때문에, 밤이라고 해서 불만 환하게 밝힌다면 구태여 멈출 이유가 없다.

경항운하에서 운항을 멈추고 쉬고 싶은 배는 포구에서 정박해야 하는 것이 규칙이다.

배들이 시야에서 채 사라지기 전에 척후로 갔던 황룡 반옥과 주룡 공천이 돌아와서 보고했다.

"추격대는 수천 명이며 지금쯤 사 리까지 도달했을 겁니다. 천외신계로 보이는 자가 몇 백 명 있으며 거의 대부분 여러 방파와 문파의 고수들이었습니다."

균천보와 하북팽가가 자신들이 접수한 방파와 문파의 고수들을 이끌고 추격하는 것이고 천외신계 고수들은 지켜보거나 지휘하는 입장일 것이다.

화운룡 등은 균천보의 전학 사남매가 활로를 열어주어 북경에서 탈출했는데 이들이 그 사실을 어떻게 알고 추격하는 것인지 모를 일이다.

그렇다고 해서 전학 사남매가 말해주었을 것이라는 생각은 들지 않았다.

화운룡이 만난 그들은 절대 그럴 사람들이 아니었으며 전학 사남매가 함정을 팠다면 북경에서 팠을 것이기 때문이다.

장하문이 공천에게 물었다.

"적들은 운하 건너에서도 오고 있는가?"

공천이 운하 오른쪽 즉, 동쪽을 가리켰다.

"이쪽입니다."

화운룡 등은 모두 운하 오른쪽 관도에 모여 있다.

"운하 건너로 오는 자들은 없던가?"

"없었어요."

반옥이 단호하게 대답했다. 그녀와 공천은 둘 다 장하문보다 나이가 훨씬 많지만 그가 군사이기에 깍듯하게 대우했다.

장하문은 화운룡이 가볍게 고개를 끄떡이는 것을 보고 모두에게 지시했다.

"매복했다가 선두를 치되 이곳을 통과시켜서는 안 된다."

이곳을 통과시키면 먼저 떠나보낸 배에 탄 가족들이 위험해질 수도 있다.

현재 화운룡 등이 있는 관도의 왼편으로 운하가 흐르고 오른쪽에는 강이 흐르고 있다.

그러니까 오 장 폭의 관도만 막고 있으면 적이 통과하지 못하는 기묘한 지형이다.

장하문이 관도의 양쪽 강 가장자리와 운하 가장자리에 고수들을 배치하고 있을 때 임격이 화운룡에게 다가왔다.

임격은 아들 두 명 임호와 임우를 데리고 싸우러 나왔다.

장하문이 가족들을 보호하라고 했지만 임격은 자신도 도움이 되고 싶다면서 평소에 자신이 틈틈이 무술을 가르친 임호와 임우를 데리고 나온 것이다.

"주군, 드릴 말씀이 있소이다."

임격은 미래에 자신과 화운룡이 막역한 벗이 된다는 사실을 아직 모르고 있다.

"말씀하십시오."

"추격대 꼬리를 치면 어떻겠소?"

"후미를 말입니까?"

"그렇소. 선두를 막는 것도 중요하지만 꼬리를 치면 더 이상 전진하지 못할 것이오."

임격은 한 걸음 더 나아갔다.

"능력이 되어 허리까지 자르면 더 좋겠소만."

"그렇겠군요."

화운룡이 장하문과 임오를 부르는 것을 보고 임격이 말했다.

"나도 후미나 허리를 자르러 가겠소."

"여기에 계십시오."

임격의 작전은 좋았다. 적들의 꼬리를 치고 허리를 자를 수만 있다면 더 이상 진격하지 못할 것이다. 꼬리와 허리가 잘린 뱀을 상상하면 된다.

그러자면 화운룡을 비롯한 운설과 명림, 홍예와 건곤쌍쾌, 몇 명의 용신들, 그리고 용봉호법대까지 동원해야 한다.

화운룡은 임오를 불렀다.

"오야, 네가 선두를 막아야 한다."

임오는 왜 그래야 하는지 묻지도 않고 어깨를 활짝 폈다.

"맡겨 주십시오."

"나는 측근들과 함께 추격대의 허리를 자르고 꼬리를 공격하겠다."

"그러면 놈들이 지리멸렬하겠군요."

임오는 자신과 화운룡이 친밀한 관계라는 사실 때문에 매우 기뻐하고 의기양양한 상태다.

화운룡은 선두를 임오와 동창고수들에게만 맡기는 것이 위험하다는 생각에 홍예와 건곤쌍쾌, 용신의 감중기, 숙빈, 도도, 전중, 조연무, 창천 등 육룡신을 선두에 두었다.

"창천, 자네가 이들을 지휘하게."

"명을 받듭니다."

홍예가 입술을 삐죽거렸다.

"나는 용랑하고 같이 가고 싶단 말이에요."

"소화두야. 너는 이들 중에서 가장 고강하니까 이곳에서 선두를 잘 막아야 한다."

"흥! 그럼 내가 좋아하는 말을 해줘야지 뭐."

화운룡은 홍예를 살짝 안아주며 귀에 대고 속삭였다.

"홍검파야, 여길 잘 부탁한다."

홍예는 미래에서 화운룡의 그림자로 살아갈 때 마누라를 뜻하는 황검파(黃臉婆)라는 호칭에서 '황'을 자신의 이름 홍예의 '홍'으로 바꿔서 '홍검파'라고 짓고는 툭하면 그렇게 불러달라고 떼를 썼었다.

단순한 홍예는 '홍검파'라는 호칭에 껌뻑 죽었다.

"호호홍! 여긴 염려하지 마세요. 용랑~! 호호홍!"

그녀는 이제 십팔 세지만 화운룡이 심심상인을 해주어서 미래의 오십 년 정도 기억을 모두 갖게 된 덕분에 어린 능구렁이가 되었다.

화운룡은 따라오겠다는 고집을 부리는 임격에게 장남 임오를 도우라 이르고는 관도 오른쪽 아래 강가를 따라서 북쪽을 향해 쏘아갔다.

화운룡은 운설과 명림, 몇 명의 용봉호법대만을 데리고 허리를 자를 것이고, 장하문을 비롯한 십육룡신들과 나머지 용봉호법대들이 꼬리를 공격할 것이다.

북쪽으로 달리기 시작한 화운룡 일행이 뜨거운 차를 반잔쯤 마실 시각이 채 지나지 않아서 관도로 추격대의 선두가 달려오는 것이 보였다.

[숙여라.]

화운룡의 전음에 모두들 바닥에 납작하게 붙듯이 몸을 숙이고 달려갔다.

추격대 행렬은 매우 길었다. 화운룡 일행이 한참을 달렸는데도 관도에는 추격대가 경공을 전개하는 파공성이 요란하게 들리고 있었다.

추격대는 거의 쉬지 않고 달렸을 테니까 다들 몹시 지친 상태일 것이다.

이처럼 수천 명이나 되는 많은 인원들이 추격대로 편성되어 쉬지 않고 경공을 전개할 경우에는 지치는 자들이 속출하기 때문에 행렬이 점점 길어지게 마련이다.

그래서 고강한 자들은 앞쪽으로 몰리고 하수들이 뒤로 밀리는 선강후약(先强後弱)의 형태가 된다.

홍예와 건곤쌍쾌, 그리고 용신들과 임오를 비롯한 오백 명의 동창고수들이 추격대의 가장 고강한 자들을 감당해야 하는데, 벅찰 테지만 지금 상황으로써선 어쩔 수가 없다.

화운룡 등이 추격대와 허리를 제대로 자르고 꼬리를 물고 늘어지면서 비룡은월문 검수들이 와주기를 기다리는 수밖에는 뾰족한 방법이 없다.

화운룡은 중간이라고 짐작되는 지점에서 멈추고 장하문을 비롯한 십룡신을 후미로 가도록 했다.

그는 운설과 명림, 그리고 용봉호법대 중에서 몇 명만 데리고 추격대의 허리를 자를 계획이었지만, 다시 생각을 해보니까 허리를 자르는 일이 꼬리를 잡는 것보다 훨씬 중요할 것 같아서 용봉호법대 전원을 데리고 공격할 생각이었다.

화운룡은 후미로 떠나기 직전에 장하문에게 당부했다.

[하룡, 적들을 죽이는 것보다 동료를 지키는 일에 중점을 둬야 한다.]

[알았습니다.]

그건 아예 싸움을 하지 말라는 얘긴데도 장하문은 나름대로 무슨 방법이 있는 것인지 공손히 고개를 숙이고는 후미 쪽으로 달려갔다.

화운룡은 자신의 제자들인 용봉호법대 열두 명을 여섯 명씩 둘로 나누어 운설과 명림에게 맡겼다.

용봉호법대는 평균연령이 십칠 세지만 화운룡이 모두의 생사현관을 타통해 주었고 거기에 이어서 신공체질로 변환시켜준 덕분에 평균 공력이 무려 백사십 년에 달한다.

더구나 화운룡이 직접 비룡운검을 비롯한 십절신공을 전수하여 용봉호법대 전원 검강과 검기를 자유자재로 전개할 수가 있게 되었다.

그러므로 일반 방파와 문파의 고수들로 이루어진 추격대는 용봉호법대의 상대가 되지 않는다.

문제는 적들이 너무 많다는 것이고 용봉호법대 열두 명은 싸움 경험이 거의 없다는 사실이다.

그래서 화운룡이 운설과 명림에게 용봉호법대를 인솔하라

고 지시한 것이다.

[어떻게 싸우는지 가르치면 잘 싸울 거야.]

[염려하지 마세요.]

[맡겨둬요.]

운설과 명림은 서둘러서 용봉호법대 열두 명을 여섯 명씩 나누고 그들에게 꼭 명심해야 할 몇 가지 주의를 주었다.

화운룡은 무공이 가장 고강하므로 일부러 용봉호법대를 맡지 않았다. 그가 가장 많은 적을 죽여야 하기 때문이다.

화운룡은 수직으로 솟구치며 전음을 보냈다.

[위에서 공격할 테니까 기회를 잡아 측면 공격해라.]

그가 워낙 빠르고 높게 솟구쳤기에 관도를 달리고 있는 추격대는 아무도 그를 발견하지 못했다.

그사이에 운설은 자신이 맡은 여섯 명을 재빨리 두 명씩 짝을 지어주었다.

[한 명은 공격만 하고 다른 한 명은 공격하는 사람을 보호하기만 해라.]

공격하는 사람이 두 명을 죽일 때 방어하는 사람은 한 명을 죽이게 되는 작전이다.

명림도 작전을 짰다.

[원을 형성하되 내게서 이 장 이상 떨어지지 마라.]

운설과 명림, 용봉호법대는 관도 가장자리에 엎드려서 튀어나갈 만반의 준비를 하고는 밤하늘로 솟구친 화운룡을 올려다보았다.

그때 까마득한 야공에서 흑의를 입은 화운룡이 머리를 아래로 한 자세에서 빛처럼 내리꽂히는 모습이 보였다.

그는 오른쪽 어깨에서 무황검을 뽑고 있었다.

운설과 명림은 그가 여간해서는 무황검을 사용하지 않는다는 사실을 잘 알고 있다.

그런 그가 무황검을 사용하려는 것은 이곳에 그의 적수가 있기 때문이 아니라 적들이 너무 많기 때문에 한꺼번에 많은 적들을 주살하기 위함이다.

[주군의 첫 공격이 추격대를 휩쓴 직후에 공격한다.]

운설의 전음에 모두들 공력을 극한으로 끌어 올린 상태에서 튀어나갈 만반의 준비를 했다.

화운룡은 허공 십 장 높이에 이르렀을 때 아래를 향해 무황검을 그었다.

번쩍!

백광과 금광이 혼합된 섬광이 뿜어졌다.

그러고는 수십 줄기 백광과 금광의 검기의 소나기가 투망을 던지듯 넓게 아래를 향해 쏟아졌다.

'용탄(龍彈)이다……!'

미래에 화운룡이 전개하는 검초식을 수없이 봐온 운설과

명림은 속으로 똑같이 외침을 터뜨렸다.

사신검법인 청룡전광검 이초식 용탄이 펼쳐진 것이다. 용탄은 이름처럼 용의 공격이 포탄처럼 뿜어지는 것인데 화운룡은 그것을 수십 줄기로 쪼개서 발출했다.

만약 용탄이 한 줄기로 발출된다면 절정고수나 초절고수를 상대하는 것이고 수십 줄기로 쪼개지면 일류고수들을 상대하는 것이다.

관도를 달리는 추격자들은 머리 위에서 아무 소리도 들리지 않았으나 높은 곳에서 대낮 같은 섬광이 번쩍이자 급히 위를 올려다보려고 했다. 그러나 그보다 먼저 용탄의 빛줄기 즉, 광우(光雨)가 그들의 몸에 도달했다.

퍼퍼퍼퍼퍼퍽!

"끄윽……."

"큭……."

"헉……."

화운룡의 최초의 용탄에 추격대 열다섯 명이 정확하게 머리에 광우를 맞고 꿰뚫려서 거꾸러졌다.

그 순간 관도 오른쪽에서 운설과 명림이 이끄는 용봉호법대가 득달같이 튀어나오자 화운룡은 조금 앞쪽을 향해 재차 용탄을 뿜어내며 하강을 계속했다.

퍼퍼퍼퍼퍽!

화운룡의 용탄은 빠르고 정확했으며 절대치명적이었다. 예외 없이 한 줄기에 한 명씩 연속 세 번 발출한 용탄에 사십오 명이 즉사했다.

그가 세 번의 용탄으로 추격대 허리 부분을 자르고 있을 때 운설과 명림, 용봉호법대들이 우왕좌왕하고 있는 추격대 고수들을 무차별 도륙하기 시작했다.

파파아아!

쐐애액! 쉬이익!

"크악!"

"캐액!"

그녀들이, 아니, 청일점인 연오까지 열네 명이 검에서 검강과 검기를 뿜어내며 측면에서 공격하자 급습을 당한 데다 몹시 지친 추격대들은 변변하게 저항조차 해보지 못하고 애처로운 비명을 지르며 거꾸러졌다.

第十一章
삼원천성신공의 위력

추격대 선두는 균천보의 보주 균천신창 전호척과 하북팽가 가주인 청천도(靑天刀) 팽일강(彭逸康)을 비롯하여 두 파의 정예고수 오백여 명으로 이루어졌다.

그리고 그 뒤에 천외신계 서천국 서천문 고수 삼백여 명이 따르고 있으며, 나머지는 균천보와 하북팽가가 접수한 화북무림의 방파와 문파의 고수 삼천오백여 명이다.

추격대 전체는 사천삼백여 명이나 되는데 팔분지 일밖에 안 되는 화운룡 쪽이 오백삼십여 명으로 싸움을 건 것이다.

균천신창 전호척과 청천도 팽일강은 후미에서 연이어서 들려오는 답답한 비명 소리를 듣고 급히 신형을 멈추며 선두에게 짧게 외쳤다.

"멈춰라!"

균천보와 하북팽가의 정예고수들은 일제히 멈추고는 거친 숨을 몰아쉬었다.

"헉헉헉……."

오십여 리 이상을 한 번도 쉬지 않고 달려오느라 쓰러질 정도로 지쳐 있던 상황이라서, 멈추라는 명령이 떨어지자 다들 멈춘 직후에 쓰러질 듯이 비틀거렸다.

추격대 최고 우두머리가 균천신창 전호척인지 청천도 팽일강인지 모르지만 추격의 기본조차 모르는 인간이다.

지금처럼 쉬지도 않고 달리는 것은 도주하는 무리를 잡는 것이 아니라 외려 추격대를 잡자는 것이다.

더구나 도주하는 무리가 역으로 매복해 있다가 역습을 가한다면 치명타를 입고 말 것이다.

그런 걸 보면 균천보와 하북팽가는 하북성 내에서 자잘한 싸움 같은 것은 숱하게 해봤는지 모르지만 이처럼 대규모 추격전은 처음이라는 사실을 알 수 있다.

선두가 정지한 이후에도 후미에서의 비명 소리는 끊어지지 않고 계속 들렸다.

전호척이 굳은 얼굴로 후미를 쏘아보면서 옆에 있는 팽일강에게 물었다.

"중간쯤이 급습을 당한 거 아니오?"

팽일강은 고개를 갸웃거렸다.

"척후에 의하면 놈들의 배 일곱 척이 계속 남쪽으로 가고 있다고 하지 않았소?"

"그렇다면 후미를 공격하고 있는 것은 비룡은월문이 아니라 또 다른 세력인가?"

팽일강은 고개를 가로저었다.

"그럴 리가 없소. 북경까지 올라온 비룡은월문을 돕는 세력이 있다는 정보는 들은 적이 없소."

전호척은 선두의 절반 이상이 바닥에 주저앉아 있으며 서 있다고 해도 금방 쓰러질 것처럼 헐떡거리고 있는 광경을 보면서 심각한 표정을 지었다.

"후미로 가봐야 하는 것 아니오?"

팽일강은 고개를 끄떡였다.

"선두가 지쳤으니 쉬게 하고 괜찮은 자들을 선발해서 후미로 가봅시다."

그는 태연한 얼굴로 말을 이었다.

"급습을 당했다고 하지만 우리 편이 수천 명이나 되기 때문에 호락호락 당하지는 않을 것이오. 더구나 저 비명 소리가 적일 수도 있지 않겠소?"

전호척은 고개를 크게 끄떡였다.

"팽 가주 말씀이 맞소."

원래 귀는 듣기 좋은 말만 듣는 법이다.

촌각을 다투는 상황이지만 백무신에 속한 절정고수인 전호
척과 팽일강이라고 해도 역시 많이 지친 상태다.

전호척과 팽일강은 측근에게 지시하여 상태가 괜찮은 고수
이백 명을 속히 고르라고 했다.

그때 전방의 캄캄한 어둠 속에서 이상한 음향이 터졌다.

투하악!

전호척이 쥐고 있는 자신의 성명무기인 천신창(天神槍)에 힘
을 주며 낮게 외쳤다.

"전방을 경계하라!"

그의 명령에 재빨리 움직이는 자들도 있지만 대부분 뭉그
적거리면서 무기를 뽑지도 않은 채 멍한 얼굴로 전방을 쳐다
보기만 했다.

그러나 재빨리 움직인 자든지 뭉그적거리던 자든지 빛처럼
쏘아온 열여덟 발의 무령강전을 피하지는 못했다.

스퍼퍼퍼퍼어억!

"끄윽……."

"허윽……."

열여덟 발의 무령강전이 추격대 열여덟 명의 급소를 정확하

게 관통하고서도 여력이 남아서 그 뒤쪽의 고수까지 산적처럼 꽂아버렸다.

창천을 비롯한 여섯 명의 용신이 한 명당 세 발씩 발사한 열여덟 발의 무령강전은 이십오 명의 선두고수들을 단번에 거꾸러뜨렸다.

전호척과 팽일강의 표정이 홱 변해 급히 외치며 전방으로 달려 나갔다.

"습격이다! 맞서 싸워라!"

"전방이다! 공격하라!"

그러나 전호척과 팽일강을 비롯한 백여 명의 고수들은 사십여 장이나 달려 나갔는데도 습격한 적들을 발견하지 못하고 멈추어야만 했다.

그때 밤하늘 높은 곳에서 홍예와 건곤쌍쾌, 창천을 비롯한 육룡신이 무기를 움켜쥐고 벼락처럼 떨어져 내리며 공격을 퍼부었다.

쐐애애액!

전호척과 팽일강을 비롯한 아직 기운이 남아 있는 자 백여 명은 사십여 장이나 달려 나가 있으며, 선두 자리는 기진맥진한 고수들이 무기를 쥐고 전진하거나 우두커니 서 있다가 홍예와 건곤쌍쾌, 육룡신의 집중 공격을 받았다.

용신들은 하나같이 검강과 검기를 자유자재로 전개한다.

그리고 홍예와 건곤쌍쾌는 백호뇌가의 성명검법인 백호뇌격검을 터득한 데다 화운룡에게 생사현관이 타통되고 신공체질로 변환된 몸이다.

더구나 백호뇌격강(白虎雷擊罡)이라고 하는 백호뇌격검 최고봉인 초절검강을 배웠으므로 예전에 비해서 두 배 반 이상 고강해졌다.

홍예와 건곤쌍쾌가 백호뇌격강을, 그리고 육룡신이 비스듬히 내리꽂히면서 비룡운검을 전개하자 수십 줄기 검강들이 소나기처럼 쏟아졌다.

후오오오!

퍼퍼퍼퍽! 파파파팍!

"흐악!"

"크악!"

한꺼번에 이십여 명의 적들이 머리와 상체가 관통되거나 잘려서 나뒹굴었다.

홍예와 건곤쌍쾌, 육룡신은 땅에 내려서기 전에 백호뇌격강과 비룡운검으로 한차례 더 검강을 전개하여 또다시 이십여 명을 주살했다.

그러고는 발이 땅에 닿기 전에 각자 자신들의 주 무기를 뽑았다. 하룡검과 채찍인 파우편, 그리고 하룡도, 혈뢰창 등이다.

특히 조연무와 전중은 품속에서 양손에 세 자루씩의 비도를 뽑자마자 뿜어냈다.

쉐애앵!

이른바 비룡육절 중에 하나인 비폭도류인데 밤하늘을 떨어 울리는 파공음을 내는가 싶더니, 그들이 겨냥한 열두 명의 적들이 미간이나 목에 비도가 꽂혀서 답답한 신음 소리를 흘리며 벌렁 뒤로 자빠졌다.

육룡신이 적진 한복판에서 싸움을 시작할 때 관도 양쪽에서 돌연 동창고수 오백 명이 쏟아져 나왔다.

쏴아아!

공격 명령도 없으며 우렁찬 기합 소리도 없다. 그저 관도 양쪽에서 시커먼 무리가 도검을 번뜩이면서 쏟아져 나와 불문곡직 추격대 고수들을 무차별 주살하기 시작했다.

"흐아악!"

"크아악!"

임오를 비롯한 동창고수들은 눈에서 살기를 뿜으며 평소하고는 다른 무서운 실력을 발휘했다.

추격대는 그들의 가족을 죽이러 온 것이기에 이들을 죽이지 않으면 가족이 몰살당하기 때문이다. 그러므로 동창고수들은 이 싸움에 목숨을 걸었다.

화운룡과 운설, 명림, 용봉호법대는 추격대의 허리를 자르는 데 성공했다.

현재 그들은 폭 오 장의 관도를 남에서 북으로 사 장 정도 잘라 버린 상황이다.

관도의 폭보다 더 짧은 지역을 차지한 상태에서 각기 남과 북을 향해 치열하게 싸우고 있는 중이다.

관도의 남쪽은 화운룡과 운설, 그리고 용봉호법대 세 명이 막고 있다.

또한 북쪽은 명림과 용봉호법대 아홉 명이 막고 있는데, 화운룡 일행 전체를 보면 하나의 커다란 타원형의 원진(圓陣) 같기도 했다.

만약 관도의 폭이 삼 장 정도만 되었다면 화운룡 혼자서도 충분히 남쪽 전체를 막으면서 적들을 주살할 수 있겠지만, 관도의 폭이 오 장이나 되다 보니까 그 혼자서 관도 이쪽에서 저쪽까지 이리 뛰고 저리 뛰며 싸우는 것은 현실적으로 어려운 일이었다.

그래서 관도의 절반은 화운룡이, 그리고 절반은 운설과 용봉호법대 세 명이 막도록 한 것이다.

[힘을 아껴서 싸워라.]

화운룡은 수중의 무황검을 휘두르면서 모두에게 전음을 보내 당부했다.

적을 많이 죽이는 것도 중요하지만 그보다 더 중요한 것은 비룡은월문 검수들이 올 때까지 최대한 오래 버티는 것이다.

화운룡이 비록 사백삼십 년이라는 엄청난 공력을 지니고 있지만 써도 써도 끝없이 샘솟는 것이 아니라 쓰다가 보면 언젠가는 바닥이 날 수밖에 없는 유한적인 공력이다.

화운룡은 초식과 공력을 조절하여 충분히 견딜 수 있으며 운설과 명림도 경험이 풍부하여 어떻게 해서든 견디겠지만 문제는 용봉호법대 열두 명이다.

용봉호법대는 화운룡은 물론이고 운설과 명림에 비해서도 공력이나 경험이 현저하게 부족하기 때문에 반시진 이상 버티는 것은 무리다.

화운룡과 운설, 명림이 용봉호법대를 돕는다면 화운룡 등 세 사람의 공력이 더 빠르게 소진될 터이다.

그렇게 하면 전체가 조금 더 오래 버티겠지만 그래봐야 반시진 정도가 한계다.

그런데 화운룡 등은 추격대의 허리를 자른 지 이미 반시진이 넘어가고 있다.

그들이 죽인 적의 수가 사백여 명 이상이며 관도에는 시체들이 빽빽하게 깔리고 켜켜이 쌓인 상태라서 발을 디딜 곳이 없을 정도다.

그래서 화운룡 등은 어쩔 수 없이 시체를 밟은 채 싸우고 있는 중이다.

그때 명림이 다급하게 전음으로 외쳤다.

[여보! 어떻게 좀 해봐요! 아이들이 너무 지쳤어요!]

화운룡이 한 차례 세차게 무황검을 휘둘러서 십여 명의 적을 죽이고 나서 급히 뒤돌아보자 타원형을 이룬 상태에서 적들과 싸우고 있는 용봉호법대 아홉 명이 힘겨운 표정으로 조금씩 밀리고 있었다.

아니, 쳐다보고 있는 중에 관도 가장자리의 용봉호법대 두명이 대여섯 명 적의 집중 공격을 받고 검을 휘둘러 힘겹게 막으면서 쓰러질 듯이 비틀거리는 모습이 보였다.

화운룡은 재빨리 그쪽을 향해 왼손을 뻗었다.

후오옴─

그의 네 손가락에서 네 줄기의 강맹하고 빛처럼 빠른 항룡강기가 뿜어지자마자 용봉호법대를 위협하는 네 명의 머리통을 꿰뚫었다.

퍼퍼퍽!

"끅……."

"커흑!"

그들이 뒤로 벌러덩 자빠진 자세로 날아갈 때 그는 전방을 향해 세차게 무황검을 떨쳤다.

파아아츠츠춧!

순간 무황검이 무려 삼 장 길이로 늘어났다.

아니, 무황검에서 삼 장 길이의 검강이 뿜어져서 검이 길어진 것처럼 보였다.

그것도 아니다. 검이 길어진 것처럼 보인 순간 삼 장 길이의 검강이 수평으로 누워서 노를 젓듯이 뿜어졌다.

그렇게 다섯 개의 검강들이 허리 높이에서 관도를 빗자루로 쓸 듯이 휩쓸었다.

츠으으웃… 츠츠츳!

"으악!"

"아아악!"

"피해… 크악!"

수십 마디의 처절한 비명 소리가 한꺼번에 귀곡성처럼 터져서 밤하늘로 날아올랐다.

"아아……."

그 광경을 바로 눈앞에서 목격한 운설과 세 명의 용봉호법대 소녀들은 싸우는 것조차도 잊은 채 망연자실하여 신음을 토해냈다.

운설이 넋 나간 얼굴로 중얼거렸다.

"세상에… 저렇게 위력적인 신강(神罡)은 처음 봐……."

그녀는 예전에 화운룡이 청룡전광검 삼초식 신강을 펼치는 것을 여러 차례 봤었지만 방금 같은 가공할 위력을 보는 것은 처음이다.

그로 미루어 지금의 화운룡이 얼마나 다급한 심정인지 짐작할 수 있다.

그리고 전방에 믿을 수 없는 광경이 드러났다. 방금 전까지만 해도 아귀처럼 공격해 오던 적들이 무려 오십여 명이나 한꺼번에 몸통이 잘려서 처참하게 죽은 것이다.

그러고는 마치 들판에 추수하다가 멈춘 것처럼 관도가 길이 오 장까지 휑하게 드러났다.

바닥에는 잘려져서 펄떡거리는 몸통 이백여 개가 피를 뿜어내고 있었다.

그 너머에서 혼비백산한 적들이 감히 공격할 엄두를 내지 못하고 겁에 질려 우두커니 서 있는 광경이 보였다.

[물러나서 가운데 모여라.]

그때 운설과 명림 등 모두의 귀에 화운룡의 전음이 전해졌다.

운설과 명림, 열두 명의 용봉호법대는 재빨리 뒤로 물러나 관도 한가운데 모였다.

순간 화운룡이 짧고 우렁찬 기합을 터뜨렸다.

"하압!"

그는 전신의 공력을 극한까지 끌어 올려 무극사신공의 심법신공인 삼원천성신공(三垣天成神功)을 전개했다.

쿠우우우…….

그러자 그가 서 있는 곳을 중심으로 주변의 땅과 허공이 은은하게 진저리를 치며 진동을 일으켰다.

운설과 명림은 깜짝 놀라서 급히 두 팔을 벌리고 어깨동무를 하는 것처럼 용봉호법대를 감쌌다.

"모두 좁게 모여서 무릎을 꿇고 상체를 숙여라!"

운설과 명림은 예전에 화운룡이 삼원천성신공을 전개하는 것을 몇 번 겪은 적이 있기 때문에 그 상황에서는 어떻게 대처해야 하는지 알고 있다.

그때 화운룡 주위의 것들이 지면에서 떨어져 나와 허공으로 떠오르기 시작했다.

그를 중심으로 관도의 십여 장 이내에 있는 모든 것들이 지상에서 떠올랐다.

쿠쿠쿠우우우…….

용암이 폭발하거나 거대한 산악이 무너지는 듯한 기이한 굉음이 울리면서 대지가 상하로 묵직하게 진동했다.

화운룡은 두 다리와 두 팔을 활짝 벌리고 고개를 비스듬히 들어 야공을 바라보면서 온 공력을 집중했다.

그의 이마와 목에 힘줄이 금방이라도 튀어나올 것처럼 툭툭 불거져 올랐다.

그의 온몸에서 흘러나온 찬란한 금광이 십 장 이내를 금빛으로 물들이며 밤하늘로 떠올랐다.

"으아아!"

"사술이다! 으아아!"

적들은 공포에 질려 비명을 지르면서 미친 듯이 물러나려고 했지만 십 장 이내에 있는 자들은 발버둥을 치면서 밤하늘로 서서히 떠올랐다.

떠오르고 있는 것은 살아 있는 사람만이 아니라 이미 죽은 수백 구의 시체들과 조금 전에 잘린 이백여 개의 몸뚱이, 그리고 수백 자루의 무기들도 마찬가지였다.

"비켜라! 좌우로 물러서라!"

전호척과 팽일강은 선두의 정예고수 이백여 명을 이끌고 멈춰 선 추격대를 좌우로 헤치면서 뒤쪽으로 달려가며 우렁차게 외쳤다.

전호척 등은 추격대의 선두에서 싸우다가 선두를 공격한 자들이 더 이상 처음 같은 위세를 떨치지 못하고 약세를 보이자 선두의 고수들에게 그들을 맡기고 후미 쪽으로 달려왔다.

달려가던 전호척과 팽일강은 문득 은은한 진동음을 들었다.

쿠우우우······.

그들은 흠칫 놀라면서 전방을 쳐다보다가 두 눈을 부릅뜨고 말았다.

그들이 있는 곳에서 전방 오십여 장 거리의 밤하늘로 거대한 원형의 금광이 떠오르고 있는 광경을 발견했기 때문이다.

누가 멈추라고 하지도 않았는데 전호척과 팽일강 등은 일제히 신형을 멈추고 전방의 빛나는 밤하늘을 주시했다.

그리고 그들은 그 원형의 거대한 금광 안쪽에 살아 있는 자들과 죽어 있는 자들 수백이 한데 뒤엉킨 채 떠 있는 광경을 발견했다.

몇 명의 입에서 짓이긴 신음 소리가 흘러나왔다.

"오오… 이런 맙소사……."

"으으… 무언가 저것은……."

"어… 어째서 저런 일이 벌어지고 있는 것이지……?"

화운룡의 삼원천성신공에 의해 지상에서 밤하늘 이십여 장 높이까지 떠오른 온갖 물체들이 이윽고 뚝 정지했다.

그 광경은 마치 밤하늘에 나지막한 금빛의 커다란 지붕이 덮여 있는 듯했다.

밤하늘에 뜬 채 정지한 상태인 살아 있는 자들은 팔다리를 버둥거리면서 비명을 질렀다.

"으아아! 살려줘!"

"흐아악! 제발 살려줘!"

밤하늘에 떠 있는 살아 있는 자의 수는 백오십여 명에 달했으며 그들의 울부짖음은 귀곡성 같았다.

그 순간 밤하늘에 떠 있는 모든 것들이 한꺼번에 지상을 향해 무서운 속도로 쏟아져 내렸다.

콰아아앗!

그리고 같은 순간 화운룡의 두 손이 눈에 보이지 않을 정도로 빠르게 움직였다.

쏜살같이 내리꽂히던 모든 것들이 관도와 운하와 강물과 강 가장자리에 무지막지하게 충돌하며 바스러졌다.

콰우우웅!

그것들이 한꺼번에 지상과 충돌한 음향은 마치 엄청난 벼락이 치는 것과 비슷했다.

그러고는 한동안 고요가 흘렀다.

『와룡봉추』 13권에 계속…

초대형 24시 만화방

신간 100%, 샤워실, 흡연실, 수면실(침대석), 커플석, 세탁기 완비

■ 광명 광명사거리역점 ■

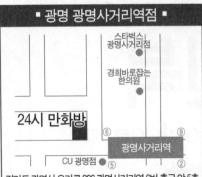

경기도 광명시 오리로 986 광명사거리역 6번 출구 앞 5층
02) 2625-9940 (솔목타워 5층)

■ 강북 노원역점 ■

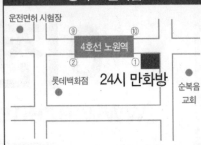

서울 노원구 상계동 340-6 노원역 1번 출구 앞 3층
02) 951-8324 (화용빌딩 3층)

■ 일산 정발산역점 ■

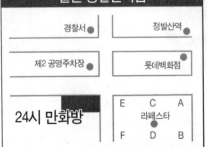

라페스타 E동 건너편 먹자골목 내 객잔건물 5층
031) 914-1957

■ 일산 화정역점 ■

경기도 고양시 덕양구 화정동 984번지 서일빌딩 7층
031) 979-4874 (서일사우나 건물 7층)

■ 부천 역곡역점 ■

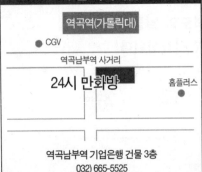

역곡남부역 기업은행 건물 3층
032) 665-5525

■ 부평역점 ■

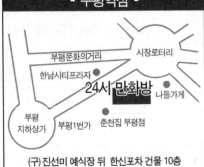

(구) 진선미 예식장 뒤 한신포차 건물 10층
032) 522-2871